Costanza Ciccarelli

LE PRIMAVERE CHE VERRANNO

MNAMON

Gli scioperi durante il '68 nelle città ed i ritmi ancestrali di paese

Nel gennaio del '68 iniziò in Italia un'ondata di scioperi, per via del carovita e degli stipendi bassi. A soffrire maggiormente tra i cittadini erano gli operai, che percepivano un salario tale da non poter fronteggiare l'aumento dei prezzi, per cui nella società vi erano sempre più poveri.

In quasi tutte le case c'era un televisore e ad ogni ora venivano trasmesse, al telegiornale, notizie angoscianti. Le manifestazioni operaie trovavano sostegno nei giovani universitari, i cosiddetti sessantottini, e culminavano con l'occupazione degli Atenei in tutta Italia, spesso evacuati per segnalazioni riguardanti la presenza di bottiglie incendiarie e bombe dinamitarde. Fu un anno disastroso dovuto al collasso dell'economia italiana, che non riprendeva il suo decollo, a causa soprattutto della perenne instabilità politica. E la sua eco risuonò fino ai primi anni '70.

Iniziarono, dunque, scioperi a catena e manifestazioni studentesche contro il governo. Anche l'Università subì tagli, che sfociarono nella contrazione di cattedre. Così, per parecchio tempo, folti gruppi di studenti scesero in piazza per sostenere le classi più deboli e si accodarono alle manifestazioni operaie, che sfilavano per tutte le città al grido di numerosi slogan.

Erano anche anni di cambiamento, di affermazione di stili di vita diversi. I valori in cui credere erano stati inculcati dalla maggior parte delle famiglie nei loro figli, ma i giovani avevano voglia di trasgredire: nel modo di abbigliarsi, nel rientrare a casa a tarda ora, nel bere al bar e nel fumare sigarette, prima di nascosto e poi addirittura davanti ai genitori. Ma alcuni di questi ultimi, molto radicati nel modo di pensare, contestavano i propri figli, pretendendo da loro il rispetto di regole stabilite dalla tradizione. E capitava, a volte, di vedere qualche ragazzo esuberante essere preso a schiaffi, davanti alla propria dimora, dal padre che lo redarguiva:

"Ti ho detto che non devi fumare e, fino a quando starai a casa mia, sarò io ad imporre ciò che si deve o non si deve fare. Chiaro?"

Controvoglia, quindi, molti figli erano tenuti ad osservare gli ordini dei padri.

Per non parlare delle regole imposte alle ragazze, le quali dovevano rientrare a casa prima che facesse buio: d'inverno alle 17.00, d'estate alle 20.00. Qualora non fossero stati rispettati gli orari, i padri più severi avrebbero atteso le figlie davanti alla porta di casa, per punirle. In alcune famiglie, in cui si dialogava, le figlie rientravano puntuali a sera.

E proprio Angela, la protagonista, apparteneva a una di queste.

Amori da adolescenti

A ottobre, Angela aveva compiuto sedici anni e non aveva ancora l'età per comprendere appieno che cosa stesse succedendo in Italia. Viveva la sua vita di diciassettenne, i cui impegni erano lo studio e le infatuazioni dovute all'età, ma avrebbe compreso le motivazioni di quegli avvenimenti, dopo qualche anno, all'Università.

In uno dei soliti pomeriggi, in cui passeggiava con le sue amiche per il corso, Angela incrociò un ragazzo che non le tolse gli occhi di dosso. Ebbe subito un tuffo al cuore e allora impose alle altre di tornare indietro, ma di lui non rimase traccia.

Un giorno andò a casa sua il padre di una ragazza del quartiere di nome Tina; uomo all'antica, molto serio, il quale teneva quasi sempre la figlia in casa, per paura che venisse presa in giro dai maschi. Si annunciò con due colpi di battaglio e, quando la mamma di Angela si affacciò, le chiese se le loro figlie potessero uscire insieme, perché, a suo dire, Angela, quando andava a passeggio con le amiche, riusciva ad avere sempre un certo contegno, lo stesso quando passeggiava, a volte, con i ragazzi.

La mamma gli rispose:

"Trovo buona quest'idea, così si terranno compagnia ed avranno modo di rincasare insieme. Provo a dirglielo e vedrete che non avrà nulla in contrario".

Sentendo tale risposta, egli, con il viso rinfrancato, salutò la signora e se ne andò.

Così iniziò la frequentazione di Angela con Tina. Fin da

subito, le due divennero inseparabili ed Angela volle presto inserirla nel gruppo delle altre sue amiche.

In quel periodo erano stati aperti i primi pub a Vasto: il "Lavinia 21" e il "Paradise", ma pochissimi ragazzi e ragazze vi si recavano, perché in tanti non avevano soldi da spendere. Non a caso, nel giro di un paio di anni, gli esercizi vennero chiusi.

Una domenica, il gruppo di amiche si ritrovò nella villa comunale. Angela e Tina, discorrendo, avevano distanziato le altre, quando sentirono, alle loro spalle, la voce di un ragazzo, Nicola, che invitava entrambe a fermarsi e continuava a ripetere: "Ragazze, fermatevi un po', ho fatto una tale corsa per raggiungervi!" Ma, visto che le due non avevano proferito parola, continuò: "Tina, guarda che ce l'ho con te. Tu mi piaci molto ed io… vorrei conoscerti meglio".

Angela, che fino a quel momento era stata zitta, sentendosi addosso il peso della responsabilità, per la fiducia che il padre dell'amica riponeva in lei, attaccò con ira Nicola e, per paura di violare il patto con il papà di Tina, gli disse:

"La mia amica non ti vuole sentire, vedi di filartela se non vuoi grane, perché se ti vede suo padre penserà che la molesti e ti riempirà di pugni".

Ma egli non demorse, anzi riprese a dire che ci teneva tanto a lei e che l'avrebbe frequentata a qualunque costo. Angela, a un certo punto, non ne poté più ed urlò:

"Vedi che non ti dà retta? Lo vuoi capire che non ci tiene a te e che il ragazzo ce l'ha già, per cui vuole essere lasciata in pace?"

A quel punto, mortificato, Nicola se ne andò e da quel giorno non le fermò più. A dire il vero, a Tina non interessava affatto quel ragazzo, tant'è che subito ringraziò l'amica per averla tolta da quella situazione imbarazzante.

***

Angela, dal canto suo, dopo il 28 dicembre '68, viveva di sogni, perché portava con sé il ricordo dello sguardo profondo del ragazzo che aveva incontrato; tanto che la prima notte lo aveva sognato, vestito con un maglione rosso, che le andava incontro; ciò rappresentava per lei la speranza di conoscerlo, prima o poi.

In quel periodo circolavano poche auto e l'unico modo per incontrare le ragazze era quello di organizzare feste a casa di qualche componente del gruppo.

Dopo qualche mese Tina disse ad Angela: "Sai, ho visto Enrico e mi ha detto che sta organizzando una festicciola a casa della nonna. Mi sono permessa di dire che sarai dei nostri."

E continuò prima che Angela rispondesse:

"Verrà anche Luca, il cugino di Enrico, e so che ai suoi piedi si prostrano tante ragazze." Angela replicò con una punta di veleno: "Pensi forse di presentarmelo, perché io non stia più alle tue calcagna e a quelle di Enrico? Se non vuoi fare brutta figura evita di farmelo conoscere."

Si voltò e, senza salutarla, si diresse verso casa.

Arrivò la domenica. A casa di Tina si ritrovarono Nicoletta, Gigliola, Ida, Netta, Carmela e Angela, che aveva nel frattempo smaltito l'ira degli ultimi giorni della settimana. Ciascuna dava consigli all'altra su come truccarsi. Alla fine, tutte e sette andarono all'appuntamento convenuto, in un sentiero della villa comunale. Enrico si rivolse ad Angela: "Tra poco arriverà anche mio cugino." Lei gli rispose infastidita: "Buon per te."

Si diressero a casa della nonna di Enrico e, prima di entrare, si guardarono intorno, perché le pettegole del quartiere avrebbero diffuso la notizia ad altre, che avrebbero riferito ogni cosa alle rispettive famiglie delle ragazze. Salita la rampa di scale, si trovarono in un'ampia cucina dal pavimento di cotto toscano. Le accolse Maria Fiore, la sorella di Enrico, anch'ella di sedici anni. Tutti erano presenti tranne Luca, che fece il suo ingresso più tardi. Angela era voltata di spalle e parlava con Maria Fiore che, a un certo punto, le chiese scusa, dovendosi allontanare per adempiere ai doveri di ospitalità. Sul tavolo erano stati sistemati un vassoio di paste secche: wafer, ringo e savoiardi e due bottiglie di aranciata. Angela si girò e, nel vedere l'ultimo arrivato, subito iniziò a tremare come un fuscello, anche se apparentemente conservava la calma. Era lui, il ragazzo che nel dicembre scorso l'aveva guardata intensamente. Si diresse da lei e con esuberanza si presentò:

"Ciao, sono Luca; mi era stato detto che eri carina, ma non così bella…"

"Ciao! Anche a me è giunta qualche notizia di te." Rispose lei.

Ed egli prontamente:

"Che cosa ti hanno detto di me?" Angela esitò un po' e disse:

"Che… sei alla continua ricerca di ragazze." A quel punto Luca divenne serio e ribadì:

"Non è vero ciò che hanno detto; che vuoi… data la mia giovane età è anche giusto avere qualche esperienza."

Intanto Peppino, un dirimpettaio di Angela, anch'egli invitato alla festa, pensò che quella fosse l'occasione giusta per confessarle il suo amore; ma la situazione gli sfuggì di mano, dal momento che Luca, più abile di lui, in un sol balzo le prendeva la mano e la conduceva al centro della stanza. Durante il ballo, la stringeva a sé, per rendersi conto fino a che punto potesse osare.

Angela lo considerò un affronto, nonostante il ragazzo ricorresse da tempo nei suoi pensieri, e rifletté in un baleno: "Sederò in un istante il suo caratterino." Puntò dunque le sue esili mani nell'incavo delle braccia di lui che, dopo un po' di tempo, allentò la presa dicendo:

"Quanta forza hai! Guarda che non devi difenderti, perché nutro rispetto per te". A quel punto Angela rispose infastidita:

"Ma quale rispetto… se le cose fossero davvero così, di certo non mi sarei difesa!"

La serata volse al termine ed Angela ripeté a se stessa che era felice di averlo rivisto e che, se si fossero ancora incontrati, di certo lui avrebbe ormai compreso che non tutte le ragazze erano facili.

Durante il rientro a casa, mentre guidava la Fiat 127, Enrico domandò a Luca:

"Allora, qual è la tua opinione su Angela?" E lui:

"Vuoi che ti dica sinceramente che cosa penso di lei? È una bella ragazza, ma tanto ostinata da procurare stress e, dopo un po', noia, per cui penso di non rivederla più".

Intanto però, nei giorni a seguire, ricorreva frequente nei suoi pensieri l'immagine di lei, ancora più bella di come fosse in realtà, e soprattutto il suo caratterino, tanto che Luca continuava a ripetersi:

"Possibile che le altre mi caschino ai piedi e lei no? Ma… non mi arrendo; dovesse costarmi sacrificio questa decisione."

Subito telefonò ad Enrico, perché invitasse di nuovo Angela al prossimo ballo. Egli, dall'altro capo del telefono, gli ricordò:

"Ma non hai detto giusto qualche giorno fa che non l'avresti più rivista?" E Luca:

"Voglio sfidarla, per vedere fin dove arrivano le sue forze."

Così, dopo due settimane, si trovarono tutti a casa della nonna di Peppino. Angela e le amiche, prima dell'ora convenuta, a casa di Ida, si fecero belle. Mancava solo l'ultimo tocco: il trucco, e lei, che sapeva abbinare il colore all'incarnato del viso ed all'abito, consigliò alle altre gli ombretti da usare e, solo quando si sentirono a posto, uscirono di casa. Durante il tragitto, Pieralisa domandò ad Angela:

"Ehi bimba! Lo terrai a freno il tuo bello oggi, vero? La volta scorsa ho osservato il tuo comportamento, sei stata davvero brava!"

Intervenne Tina:

"Non vedete che è cotta a puntino? Io dico che questa volta cederà alle sue lusinghe." Angela le lasciò parlare astenendosi dai commenti.

Il 21 marzo la primavera aveva fatto il suo ingresso, ma portava con sé la vulnerabilità del mese. Le giornate diventavano a mano a mano più lunghe, ma il freddo, nonostante il periodo, non cessava; così i comignoli sui tetti spandevano nuvole di fumo nell'aria.

Le ragazze giunsero a casa di nonna Giannina, diedero un'occhiata qua e là e di corsa si affrettarono per la rampa esterna delle scale. Peppino, come le vide arrivare, fu pronto ad aprire la porta di casa. Angela, che entrò per prima, diede subito uno sguardo agli invitati e si accorse, a malincuore, che mancava solo Luca.

Bisbigliò a Carmela:

"Ecco, hai visto che oggi non viene? L'altra volta sono stata scontrosa, per cui ha ragione a non volermi più vedere...".

Non finì l'ultima parola che Luca comparve sull'uscio. "Eccolo!"

disse Amalia.

"Non vedevi l'ora che arrivasse, sarai contenta ora!"

Ma Angela non la stava più a sentire, il suo cuore palpitava di gioia e il suo viso avvampò. Luca, però, fece finta di non vederla; soltanto dopo una buona mezz'ora le si avvicinò:

"Guarda, guarda... ci sei anche tu!"

Peppino armeggiava attorno al giradischi, quando si udì per la stanza l'eco della canzone:

"*Si è spenta già la luce*"

Angela si emozionò e per la prima volta tremò tutta, trasportata dalla canzone e dalle braccia solide di Luca. Peppino, che aveva assistito alla freddezza di lei due domeniche prima, nutriva ancora qualche speranza, ma si dovette arrendere quando li vide fare coppia fissa. Terminato il secondo ballo, Enrico cambiò disco. Angela ormai aveva Luca al suo fianco e non pensava ad altro. Si prepararono al ballo, quando si diffuse per il vasto ambiente il motivo:

"*Moonia, solo tu, soolo tuuu....*"

A quel punto Luca, che fino a quel momento era stato ai patti, la strinse forte a sé, le cercò nella penombra della stanza il viso, ma lei oppose resistenza; allora lui fece finta di mollarla e, dopo qualche attimo, la strinse ancora e le diede un bacio fulmineo sulle labbra. Angela aveva tenuto a bada altri spasimanti, senza permettere a nessuno una pur minima avance, per cui, inviperita per aver disatteso quanto promesso a se stessa, gli diede uno schiaffo sonoro e si allontanò. Peppino, che faceva girare di continuo la sua dama, per una frazione di secondo non vide il bacio, ma solo lo schiaffo e abbozzò un sorriso di approvazione. Allora si rese subito libero e ballò con lei.

Mentre Luca beveva un'aranciata, si voltò appoggiandosi a lato del tavolo. Alla fine del disco, Peppino rimase al fianco di Angela per il successivo giro. Luca, a quel punto, si era posizionato a breve distanza dai due. Non appena si diffuse la musica nella sala, egli fece un lungo passo e prese per mano la ragazza. Peppino, dopo un attimo di distrazione, si voltò e con rammarico la vide al centro della sala con lui. Con grande meraviglia di Angela, il suo partner questa volta si comportò bene e continuò a ballare con lei. Quando Enrico rimise il disco "Monia" e creò la penombra nell'ambiente, all'improvviso lui la fissò con occhi languidi e lei avvertì un brivido per tutto il corpo; in quel momento lui chinò la testa e le diede un bacio tenero. Si accorse della sua partecipazione e le sigillò le labbra con un altro lungo bacio, in una complicità che sembrava non avere fine. Quando il disco finì di girare, Angela gli disse:

"Non credere di avermi conquistata con un bacio!" Luca non le rispose, annuì come per dire: "Va bene."

***

Era giunto il periodo pasquale e nella settimana santa, in paese, si usava preparare i dolci, quali pigne, impastate con farina 00, zucchero, lievito di birra e buccia di limone, taralli dolci e biscotti salati ed infine sfogliatelle di ricotta con uvetta e canditi. Laura, la sorella maggiore di Angela, chiese aiuto a lei e a Tina per portare gli ingredienti e gli stampi dall'amica Maria, che aveva il forno a legna. Laura notò subito che erano seguite da due ragazzi in una 127 di colore verde oliva. Aguzzò la vista e riconobbe il ragazzo seduto a fianco dell'autista. Si sentì presa in giro e disse alla sorella:

"Quel ragazzo è sempre tra i piedi. Di questa cosa parleremo a casa, perché dall'altra sera lo vedo continuamente dietro di noi. Data la sua giovane età, di sicuro non segue me; quindi, per forza di cose, nutre un interesse per te."

Le due sorelle si salutarono sull'uscio di casa di Maria e Angela raggiunse le sue amiche che, nel frattempo, passeggiavano per il corso. Subito Amalia la rimproverò:

"Sei arrivata finalmente! È da un po' che ti attendiamo."

A quel punto dovette per forza raccontare quello che le era accaduto:

"Sai? Mia sorella mi ha chiesto di aiutarla a portare gli ingredienti per i dolci pasquali dall'amica Maria e… indovina chi abbiamo incrociato per strada?" Amalia la zittì: "L'ho appena visto il tuo bello, quello che tu avresti tenuto a fre…"
Angela, che aveva una voglia matta di continuare a parlare, la interruppe: "L'ho incrociato e… mia sorella ha avuto la conferma ai sospetti dell'altra sera. Ci siamo lasciate e mi ha detto che a casa si parlerà del giovanotto, per cui tremo al solo pensiero che possa dire a mio fratello della mia storia con Luca; tu Amalia lo conosci e sai che non mi farà uscire per settimane."

Amalia a quel punto si fece seria: "E brava, proprio questa dovevi combinare! Sai che tua sorella dirà alle nostre mamme che passeggiamo con i ragazzi e tutte noi non potremo più uscire?"

Angela proseguì molto preoccupata:

"Se mio fratello saprà che frequento Luca, prenderà ulteriori informazioni su di lui e sicuramente la nostra storia terminerà ancor prima che nasca."

L'amica:

"Non affollare la mente con troppi pensieri; negheremo tutto, non è vero ragazze? La sua parola contro la nostra." E tutte a gran voce urlarono: "Olé…, tutte per una e una per tutte!"

A casa, Angela subì l'interrogatorio da parte di Laura e del fratello in presenza della mamma, che continuamente però la proteggeva, perché temeva che, essendo molto magra, si sarebbe ammalata facilmente.

Angela si difese bene dicendo che Luca era il cugino di Enrico, il quale una volta gliel'aveva presentato. Poi a riprova di ciò aggiunse:

"Se non credete a me, domandate alla mie amiche." La questione si concluse, perché le vollero dare fiducia. Il fratello rifletté per un attimo e poi:

"Va bene, per questa volta voglio crederti."

Da quel giorno, Angela e Luca non si videro per almeno due settimane.

Il venerdì di passione, lei andò in chiesa con la sorella e vide con meraviglia che Luca stava vicino alla porta della sacrestia. All'uscita, le due sorelle decisero di fare il giro delle altre sei chiese, per pregare accanto ai tabernacoli allestiti. Nella chiesa di San Felice rividero Luca che pregava accanto al Santo sepolcro e, come Laura notò i loro sguardi incrociarsi, domandò:

"Quel ragazzo che ti fissa non è quello dell'auto?" E Angela: "Non vedo nessun ragazzo. Non so a chi ti stia riferendo."

e continuò: "Presto, dobbiamo andare in processione, sono già le sette e la processione sarà già uscita dalla chiesa madre".

La sorella pensò a quel punto di essersi sbagliata.

Raggiunsero, da un vicolo, la processione e si posizionarono dietro la statua della Madonna vestita di nero e del Cristo morto adagiato e coperto, in parte, da un panno bianco. Era suggestionante assistere alle tappe della via crucis in corrispondenza delle chiese aperte, di fronte alle quali i più devoti avevano preparato, a una certa distanza, una catasta di legna e fascine da far ardere all'arrivo della statua della Madonna e del Cristo morto, tutti uniti in raccoglimento con atto di profonda venerazione. Del grande falò si sentiva lo scoppiettio e si vedevano alte lingue di fuoco trasportate dal vento insieme a tante scintille.

Alla domenica, giorno di Resurrezione, Angela andò in chiesa e, dopo cinque minuti, vide Luca attraversare il corridoio centrale tra le due navate e prendere posto nei banchi di legno accanto all'altare. Si ritrovarono durante l'eucarestia a prendere l'ostia consacrata. Per tutta la funzione non fecero altro che pregare e guardarsi.

Ma proprio da quel giorno, Luca diradò gli incontri con Angela e lei rimase perplessa per tale comportamento.

Pensava a lui quando al mattino si alzava, quando mangiava, nel pomeriggio durante lo studio e di notte, spesso tormentata da brutti sogni.

**

Era entrato il solleone e quel 20 luglio faceva molto caldo. Da sud il vento spostava aria rovente e per le strade si avvertiva addosso un'afa da far mancare il respiro.

Proprio quel giorno, lo zio di Luca convolava a nozze con la sorella di Carolina, un'amica di Angela.

Al termine della cerimonia nuziale, le auto sfilarono per il paese. Luca aveva preso posto nella 127 verde, al cui interno vi erano minuscoli drappi sulla parte alta dei vetri. Da lontano gli invitati si annunciarono con colpi di clacson.

Intanto l'amica Tina, saputo da Enrico che sarebbero passati di là, si recò a casa di Angela per vederlo.

Angela individuò l'auto e rivide Luca sorridente, seduto accanto ad Enrico.

Quando furono in prossimità della casa, Luca lanciò di getto due pugni di confetti, alcuni dei quali arrivarono sulla soglia del balcone, altri caddero sul lastricato lavico della strada. Dopo il passaggio delle ultime auto del corteo, addobbate con nastri bianchi, Laura irruppe nella camera in cui vi erano Angela e Tina e commentò ad alta voce:

"Così mia sorella si è invaghita di Luca e tu di Enrico. Non è vero?"

La mamma, che era intenta a cucinare, accorse alle grida, aprì d'un sol colpo la porta dal pomello di porcellana e:

"Allora... perché ce l'hai tanto con tua sorella? Che guaio ha commesso questa volta?" Laura, molto irritata per essere stata presa in giro, alzò il tono di voce più di prima:

"Sai, mia cara mamma, la tua dolce figliola, a soli sedici anni, ha il ragazzo e per giunta un farfallone!" La mamma le rispose con tutta la calma di questo mondo:

"Lascia che viva i suoi anni, importante è che sappia come comportarsi; vedrai che a suo tempo sarà in grado di scegliere per sé."

E mentre la mamma se ne uscì, Laura ribatté ad alta voce:

"E già, tu sei tranquilla, perché la signorina la controlliamo Leo ed io, per far sì che arrivi illibata al matrimonio, altrimenti... certo che brucerebbe le tappe della sua vita!"
Ma la mamma non le rispose, per cui si dovette calmare.

Così Angela e Tina restarono alla finestra, molto soddisfatte per l'intervento della madre, mentre Laura tornò a sbrigare alcune faccende domestiche, che lei e la sorella erano obbligate a svolgere soprattutto durante le vacanze. Mamma Clelia ripeteva spesso alle due figliole:

"Quando vi sposerete dovrete saper fare tutto, se no i vostri mariti diranno: Ma tua madre che ti ha insegnato, neanche a cucinare e tenere in ordine la casa?"

***

Nell'estate di quell'anno ci fu un evento straordinario al quale tutti assistettero da casa, stando comodamente seduti in poltrona: veniva trasmesso in diretta televisiva l'arrivo sulla luna dell'astronauta Armstrong. Quando egli scese dalla navicella spaziale, per toccare per la prima volta la luna, non vi riuscì, per l'assenza gravitazionale e vide intorno a sé solo macchie lunari e crateri. Di tale evento si parlò con orgoglio, tant'è che ognuno avvertiva la sensazione di poter conoscere e indagare ormai ogni elemento della natura.

Sempre durante quell'estate, Angela aveva visto il suo lui nove o dieci volte.

La mattina di lunedì 30 luglio, stava con la sorella affacciata alla finestra della cucina, con i gomiti sul davanzale, quando fu attratta da voci maschili, che, dopo un po', si udirono sempre più vicine fino ad arrestarsi sotto casa. Vide, come per incanto, Luca con due operai che portavano a spalla gli erogatori del DDT. Egli sollevò lo sguardo verso la finestra e la salutò con un ciao affettuoso. La sorella, che non lo vedeva da tempo, a quel ciao rifletté per un istante, poi si voltò verso Angela e…

"Non è il ragazzo che incontrammo ai sepolcri?" Angela non poté far finta di niente, dopo di che: "Sì, è vero, è proprio lui."

E mentre Laura stava per ribattere qualcosa, guardò giù e lo vide che stava disinfettando tutt'intorno; le due sorelle fecero appena in tempo a rientrare che uno spruzzo venne dato sul muro anteriore, fino a raggiungere la finestra.

Allora Laura non si poté trattenere dalle risate e disse: "Ma è matto? Per poco non ci faceva ingoiare quell'intruglio! Comunque… meno male! Così nessuna mosca o zanzara si avvicinerà a casa nostra per tutta l'estate." E risero entrambe a crepapelle. Dopo che la sorella fu rientrata, Luca fece segno ad Angela che l'avrebbe attesa giù, alla villa comunale.

Da quel momento, Laura ebbe la certezza che quel ragazzo e sua sorella stessero insieme e chiese ad Angela: "Che cosa rappresenta per te quel ragazzo? Ti sei presa una sbandata per lui, vero?"

A quel punto, Angela non poté fare a meno di dire la verità, i fatti lo dimostravano: "Ebbene sì, visto che vuoi saperlo."

Ma Laura non sopportò il suo tono irriverente e aggiunse:

"Farò di tutto per fartelo lasciare; sappi sin da ora che non è per te. Ho preso le dovute informazioni e mi hanno detto i fratelli della mia amica Maria che è un adone, uno che spupazza le ragazze e le lascia; per cui la faccenda la considero già chiusa."

La sorella scoppiò in un pianto ininterrotto, mentre Laura continuò:

"Hai sedici anni, sei giovanissima ed avrai tutto il tempo di conoscere il ragazzo che farà per te."

Erano ancora le 11.00 e, non sapendo come fare per uscire, Angela chiese alla mamma se avesse bisogno che le comprasse qualcosa. E la mamma:

"Stai andando da Ida? Allora compra una bottiglia di latte e la bustine di lievito, perché il dolce è finito. Così stasera ne preparerò un altro per la colazione."

E lei, mai soddisfatta come in quel momento, sgusciò di casa con il portamonete e si diresse al parco. Luca non c'era ancora e quindi iniziò a passeggiare vicino al monumento ai caduti. Fece tre o quattro giri ma, non vedendolo, si stava incamminando per andare a fare la spesa, quando Luca comparve improvvisamente. Si diedero un bacio frettoloso, per paura di essere visti, e fecero due volte il giro del parco parlando dei loro progetti.

Dopo quell'incontro estivo, Luca sparì per qualche mese.

***

A metà dicembre, un'abbondante nevicata aveva bloccato gli accessi al paese. Luca era andato in vespa a far visita agli zii in campagna e non era potuto tornare a casa. La mattina seguente, Angela non udì passi per la strada. Si affacciò e vide che dal cielo biancastro scendevano ancora fiocchi di neve che, depositandosi a terra, si accumulavano su quella che aveva ricoperto da un pezzo il paesaggio. Per strada non si vedeva nessuno. Persino le scuole erano chiuse. In ogni casa era acceso il fuoco nel camino e, guardando in alto, tra il bianco candore dei tetti si vedevano fumare i comignoli. Il bello di quelle sere era che tutti i familiari, grandi e piccoli, si radunavano davanti al focolare per raccontarsi fiabe e barzellette. Dopo qualche giorno, il sereno ridette vita ad ogni cosa. Il ghiaccio si sciolse sui tetti e sulle strade e le auto ripresero a circolare.

Così Luca, con la sua lambretta, arrivò sotto casa di Angela. Come sentì il clacson a lei familiare, lei si affacciò e lo vide sorridente.

In men che non si dica, lo raggiunse al parco e ripresero a frequentarsi.

Egli si faceva accompagnare spesso dagli amici, perché il suo paese era distante 16 Km da quello di Angela. Il telefono a quel tempo non era installato in tutte le case, per cui non avevano altro modo di comunicare se non quello di vedersi. I loro incontri avvenivano ogni due o tre settimane ed avevano sempre il fascino della prima volta.

***

Nonostante l'inverno fosse ormai finito, il vento del nord continuava a spirare, ma in aprile era gradevole passeggiare nella bell'aria fresca, con il solito gruppo di amiche.

Un giorno, al gruppo si avvicinò un ragazzo, con cui le altre avevano evidentemente già stretto amicizia. Lo presentarono ad Angela che lo vedeva per la prima volta; era più grande di loro di almeno dieci anni e mostrò da subito un forte interesse per lei.

Si chiamava Enzo ed era di Messina. Di bell'aspetto, vestiva quasi sempre con camicia, pullover e jeans, per cui dava l'idea di una persona ben curata.

Si trovava in Molise, perché era in atto la costruzione della diga del Liscione e, come tecnico della ditta, avrebbe dovuto portare avanti i lavori ancora per un anno.

Iniziò a far parte del gruppo di amiche, che lo incontravano quasi tutti i giorni, finché una volta non chiese ad Angela un incontro a due.

Erano soli quando si videro alla villa comunale. Lui le fece la dichiarazione:

"Angela, mi piaci molto. Vorrei che ci frequentassimo."

Lei rimase stupita. Aveva intuito che lo interessava, ma non pensava come fidanzata, bensì come amica. E quando gli rispose:

"Enzo, questa dichiarazione mi lusinga e tu mi sei simpatico. Ma non posso impegnarmi con te, perché nel mio cuore c'è Luca. Ti sono amica e vorrei restare tale per sempre. Ti prego, non me ne volere."

Egli rimase davvero male, tant'è che per più giorni non si vide in giro.

***

Dall'inizio del nuovo anno, Luca si recava spesso al paese di Angela. Soprattutto dopo che era arrivata la primavera, prendeva la sua lambretta, saltava su e... via dalla sua amata.

Aprile apriva le porte al caldo tepore primaverile. Le giornate erano più lunghe ed il tramonto, sul far della sera, colorava il cielo di quel roseo alone, che lasciava predire per il dì seguente una bella giornata. Stava arrivando anche la fine dell'anno scolastico.

E proprio in quel periodo, completate le interrogazioni del mese, Luca "faceva filone" a scuola e si recava, come al solito in vespa, al paese di Angela. Si fermava all'ingresso della scuola ed attendeva che le compagne le dicessero che lui l'aspettava fuori dal cancello.

Lei, come ne veniva a conoscenza, chiedeva al professore di turno di poter andare in bagno. Percorreva pian piano il lungo corridoio che portava al bagno delle donne e, quando lo scorgeva sulla lambretta, si avvicinava alla vetrata, si guardava intorno e, se nessuno la vedeva, l'apriva e gli indicava l'ora in cui sarebbe uscita. Poi, gli mandava un bacio e tornava in classe.

Quello fu l'anno in cui Luca e Angela avrebbero conseguito la maturità. Lei viveva quei pochi mesi rimasti in una continua sofferenza, perché pensava che dopo non si sarebbero più rivisti. In effetti, dopo il conseguimento del titolo di studio, Luca si iscrisse a Firenze alla facoltà di ingegneria e, da allora, non si incontrarono né si cercarono per oltre un anno. Angela, invece, non poté iscriversi all'università per le violente fitte all'appendice.

L'unico svago per lei era andare allo stabilimento balneare, presso cui si dirigeva tutte le mattine assieme alle sue amiche, ed era spesso accolta dalla musica di un brano de "I Camaleonti": "*L'ora dell'amore*". Angela aveva qualche soldo in più delle amiche ed insieme a Laura, ad Amalia e a sua cugina Anna si disponeva attorno al juke-box, per meglio ascoltare le canzoni. Dopo aver cambiato cento lire con un gettone, amiche e amici facevano a turno a far andare i 45 giri nel juke-box, per sentire le nuove canzoni del festival delle voci nuove di Castrocaro e quelle più gettonate di Sanremo.

Diciottanni

Era il 20 ottobre del 1970.

Angela, quella mattina si svegliò prima del solito, alle sette, e rifletté sui diciotto anni che avrebbe compiuto quel giorno. Per la prima volta sentì dentro di sé una voce che le sussurrava:

"Sei libera, finalmente libera di agire, di vedere le cose e, soprattutto, di avere più peso in famiglia."

Si stirò e si levò dal letto. Aprì le imposte per far filtrare in camera un po' di luce, ma il cielo era ancora scuro; solo i lampioni delle strade illuminavano l'ambiente circostante. Si voltò e vide la luminosità del lampione vicino casa filtrare attraverso i vetri di camera sua, diffondendo il suo opaco chiarore sulla parete di fronte. Quella fioca luce per lei fu il sole che tardava a sorgere. Era il suo barlume di speranza, che si proiettava sugli anni migliori della vita.

Non aveva ancora ventun anni per la maggiore età e per il diritto di voto, ma gli anni appena compiuti, di buon mattino, la facevano sentire grande, tanto da poter finalmente pensare a sé, ai suoi sogni, al desiderio di avere un ragazzo, di poter proseguire gli studi in una delle città italiane.

E proprio a diciotto anni le pareva di poter conquistare il mondo, sentendosi finalmente grande e capace di prendere decisioni.

Come tutte le ragazze della sua età ed anche le meno giovani, avvertiva la voglia di cambiare. Iniziò dall'abbigliamento: non più scarpe basse, ma alte, che slanciassero il suo esile fisico, non più abitini larghi, ma succinti, che la potessero modellare, non più sotto il ginocchio, ma due palmi sopra, esattamente come la moda anni '70, non più capelli corti alla maschietto, che ormai odiava, ma capelli lunghi e lisci, che le contornassero meglio il viso e le facessero dimostrare qualche anno in più.

In conclusione, si stava trasformando, per sentirsi finalmente donna. E in cosa non voleva subire cambiamenti?

Nel non voler conoscere altri ragazzi, in questo dimostrando carattere.

A lei piaceva il suo ragazzo, ne era innamorata e non pensava ad altro che a fare progetti con lui.

**

L'autunno del '70 avanzava; il clima stava cambiando e le giornate erano via via più brevi. Qualche volta, nelle ore più calde, si poteva stare in maniche corte, ma alle sei il cielo imbruniva e, mentre calava la sera, l'aria diventava sempre più fresca, tanto da dover indossare la giacca.

Il 26 novembre, Angela accusò forti fitte all'addome. Se ne lamentò a casa con la mamma e insieme si diressero immediatamente dal medico di famiglia, il quale prescrisse delle radiografie.

Il giorno seguente, senza perdere tempo, Angela si recò all'ospedale di Termoli per effettuarle. Avrebbe dovuto ritirare le lastre dopo qualche giorno ed allora decise di prendere l'autobus per andare a trovare gli zii, che abitavano appena fuori città.

Fu loro ospite nella villetta di campagna. Al mattino, il sole autunnale si era già levato alto nel cielo ed aveva asciugato la rugiada sulle piante e sui fiori che circondavano l'abitazione. Lo zio Francesco, fratello della mamma, rivolto ai figli e ad

Angela disse:

"Sentite ragazzi, mi sto recando in centro a fare spesa; non è che vi va di fare un giro in auto?"

Tutti e tre all'unisono risposero di sì. Arrivati a Termoli, in attesa dello zio, che si era infilato in un negozio di alimentari, Angela osservava dal finestrino il corso principale, un viale alberato che a quell'ora pullulava di gente: un gruppetto di signore che passeggiava con i propri bambini non ancora in età da asilo, qualche altra che spingeva la carrozzina con il suo piccolo appena nato, gruppi di anziani che passeggiavano adagio, raccontandosi i tempi andati, e tre ragazzi, che non aveva scorto prima sotto gli alberi, i quali a passo cadenzato stavano percorrendo il viale e andavano nella sua stessa direzione. Come furono vicini, riconobbe tra loro Nicola, caro amico di Luca, che frequentava ingegneria con lui. Angela scese dall'auto e salutò tutti, poi con un cenno di mano fece capire a Nicola che aveva qualcosa da chiedergli e, dopo i convenevoli, lui le disse:

"Vuoi sapere di Luca? Si è messo con una bolognese che ha conosciuto durante l'estate. Se ti può consolare, ti posso dire che è una ragazza alta e bionda, ma molto robusta. Ascoltami, è uno che non vuole storie stabili; parla molto bene di te, ma non si accontenta di baci e carezze."

Il cuore le stava scoppiando, le tempie le martellavano e, solo dopo qualche istante, ebbe il coraggio di parlare:

"E sta bene; qualcuno me l'aveva predetto che tipo fosse ed io non ho voluto credergli."

Dopo una breve esitazione, Nicola prese a dire la sua: "Non pensare più a lui, ha sputato in faccia alla fortuna. Pensa… se fosse capitato a me!"

Ma Angela non raccolse le avance; non stava affatto bene,

pensava a Luca ed avvertiva continuamente fitte al cuore, una morsa che l'attanagliava. Pur volendo distrarsi, il suo pensiero rincorreva continuamente l'immagine di lui al fianco della ragazza bionda e prosperosa.

Intanto lo zio si stava avvicinando ed in gran fretta decise di accommiatarsi da Nicola.

Quel fine settimana, trascorso dagli zii, si era trasformato da breve vacanza piacevole a tormento dell'animo. Lo zio la riaccompagnò la mattina del sabato a Termoli, dove avrebbe ritirato le radiografie al San Timoteo, per poi recarsi a prendere il pullman delle 13 e 30, per tornare in paese. Dovette aspettare per un po' che i referti medici fossero pronti, ma, per ingannare l'attesa, non entrò, come le era capitato altre volte, nel panificio vicino alla Madonnina, a gustare una pizzetta tonda con pomodoro, olio, aglio e origano, perché, pur essendo prossima l'ora del pranzo, era presa da un senso di rifiuto per il cibo. Sull'autobus le parole dell'amico affollavano la sua mente e la estraniavano dagli altri compaesani, i quali le rivolgevano con affetto e cordialità il saluto, a cui rispondeva come un automa. Certo che aveva preso una bella sbandata per lui! Ed ora... vi doveva rinunciare perché egli aveva optato per l'altra.

Trovò posto vicino al finestrino, chiuse gli occhi per non pensare, ma non vi riusciva. Allora guardò fuori e notò i minuscoli cambiamenti della natura, che le regalava immagini della campagna spoglia, coi tappeti di foglie novembrine, dai variegati colori autunnali, accumulate sotto gli aceri sempre più nudi. Alzò lo sguardo verso il cielo bigio: qualche nuvola si preparava a lacrimare e ciò la rendeva ancora più triste.

Scese dall'autobus e percorse, per abitudine, i vicoli di mattoni del "paese vecchio", alti e stretti come carruggi liguri.

A casa si ricordò del compleanno della mamma. Seguì il buon profumo che proveniva dalla cucina e la trovò intenta a sfornare la teglia di cannelloni di carne e ricotta, che adagiò sul gradino del camino. Allora Angela le cinse il collo, con le sue esili braccia, e le diede un bacio fortissimo in segno di augurio. La mamma ricambiò con puffetti sulle gote e si misero tutti a tavola.

Lei pensò tra sé: "Che bel compleanno oggi... all'insegna della felicità. Se solo mamma sapesse..."

Tra una portata e l'altra, la mamma le chiese dell'esito delle radiografie e della gita dagli zii. Lei rispose frettolosamente, tra un boccone e l'altro: "Bene mamma, bene. Ti dirò dopo." La madre intuì che era accaduto qualcosa di spiacevole, perché la figlia non voleva parlare, e pensò di tornare, subito dopo il pranzo, sull'argomento. Quasi a fine pasto, rincasò Laura che insegnava educazione artistica a Palata, un paese non lontano. Vide Angela pensierosa e le domandò: "Tutto ok le radiografie e l'accoglienza degli zii? Ti sei divertita?" Non ce la fece a tacere, così corse da Laura e sbottò a piangere sulla sua spalla. E lei: "Su piccola, non fare così, vedrai che tutto andrà per il meglio e poi... ti prometto che starò al tuo fianco." Angela non era preoccupata per l'intervento, a cui si sarebbe sottoposta i primi di aprile, ma per Luca. E allora tra i singhiozzi disse:

"Piango per Luca. L'estate scorsa ha conosciuto una ragazza che frequenta ogni tanto." e singhiozzando ancora di più: "Ed io... io sono così amareggiata che avverto una tristezza infinita." E continuò: "Avevi ragione tu che è un vigliacco" e pianse più forte. La sorella, che non aveva ancora toccato cibo, le rispose: "Inizia sin da ora a non pensare più a lui. Sei giovane ed hai tutta la vita davanti per le scelte importanti. Piuttosto, vieni, siediti accanto a me e, mentre mangio, parlami del tuo week-end."

A quel punto Angela, non pensando che lei potesse essere così affettuosa, le raccontò per filo e per segno ciò che aveva fatto dagli zii, ad esclusione dell'incontro con Nicola. Alla fine, riuscirono persino a ridere tanto, quando Angela riferì degli scherzi fatti ai cugini più piccoli e di quando si offrì per aiutare la zia in cucina, facendo bruciare la frittura di pesce.

Infine, tutti insieme alzarono le coppe di spumante, per brindare ai 47 anni della mamma.

***

A novembre Luca aveva iniziato a frequentare le lezioni di analisi matematica, di disegno e matematica 1 a Firenze. La vaga speranza di Angela di poterlo incontrare svanì, ma cercò subito di consolarsi, dicendo a sé stessa: "Sei molto giovane e bella, troverai sicuramente un ragazzo migliore di lui." Le parole della sorella le rimbombavano in testa: "Ti sei messa con un pavone, uno che vuol apparire a tutti i costi. Dammi retta, lascialo perdere e vedrai che troverai un ragazzo che ti vorrà davvero bene e che non ti farà soffrire."

Ma non era così, perché lei era cotta di lui. E allora cosa fare?

Pensò di scrivergli una lettera, ma poi lui avrebbe preso il sopravvento su di lei. Come fare per parlargli? Avrebbe voluto incontrarlo, ma non era possibile, perché Luca era impegnato negli studi.

Ciò le procurava malinconia, in quanto non si prospettava alcuna via d'uscita.

L'università dei post sessantottini

Giunse l'agosto del 1971. Angela non aveva perso la voglia di iscriversi all'Università assieme alla sua compagna di liceo, Amalia. Il lavoro di convincimento fu lungo ed estenuante, poiché quest'ultima era indecisa se frequentare il corso di laurea in Scienze Motorie o in Medicina. Alla fine diede retta ad Angela, per cui le due ragazze si fecero accompagnare da Laura a Firenze, la sede universitaria scelta, per fare la fila in segreteria e prendere i moduli di iscrizione.

Angela non era mai stata in quella città e non avrebbe mai immaginato che si sarebbe stabilita lì definitivamente.

Amalia, invece, in occasione del viaggio di istruzione dell'ultimo anno di scuola superiore, aveva visitato i musei più importanti di Firenze: la Galleria degli Uffizi, la chiesa di Santa Maria in Fiore e Santa Croce, che ospita le tombe dei più grandi: Foscolo, Machiavelli, Alfieri, Michelangelo ed altri, ma non conosceva nei particolari la città.

Impiegarono varie ore per arrivarvi, poiché prima partirono dal loro paese in pullman per raggiungere la stazione di Termoli, poi presero il treno per Bologna e infine un altro treno, da Bologna a Firenze.

Appena giunte a destinazione, Angela avvertì un senso di disorientamento, per l'eccessivo andirivieni di persone con valigie, quasi tutti studenti universitari che, probabilmente, come lei ed Amalia, non sapevano ancora dove andare.

Il primo pensiero fu quello di riprendere il treno e tornarsene a casa, ma per fortuna la sorella si accorse del suo sconcerto e la incoraggiò dicendole:

"È solo il primo impatto, poi ti abituerai all'ambiente e anzi avvertirai un senso di vuoto al rientro in paese."

Poi rivolgendosi all'altra aggiunse: "Non è vero, Amalia?" E quest'ultima: "Ma dai Angela, che vuoi che ti faccia questa gente! Non vedi che ognuno va di fretta, perché ha cose sue da sbrigare?" E proseguì: "Diamo retta a Laura, tempo qualche mese e ci saremo ambientate; poi tutto rientrerà nella norma."

E Angela: "Avete ragione, che stupida! Mi lascio disarmare al primo ostacolo!"

Guidate da Laura, le due amiche trovarono alloggio in una pensione femminile, dove alla sera scherzarono e risero.

La mattina seguente, alle otto, si misero subito in movimento. Per strada incontrarono una ragazza di nome Carmela, a cui chiesero informazioni su dove fosse l'Economato e con la quale avrebbero stretto amicizia, incontrandosi successivamente alle lezioni.

La fila agli sportelli era lunga. Allora pensarono di dividersi, per guadagnare tempo e riuscirono ad avere tutte le indicazioni per l'iscrizione ed anche i moduli per le tasse. Inoltre, per poter usufruire del presalario, fecero domanda al momento dell'iscrizione.

Il presalario era una borsa di studio assegnata ai meritevoli, le cui famiglie, però, non disponessero di un certo un reddito, e che alla fine di ogni anno avessero superato tutti gli esami previsti: questo per la durata dell'intero corso di laurea.

Alle 13 ripartirono da Firenze, rifacendo il percorso inverso rispetto a quello dell'andata. Giunsero a Termoli alle 21 e, data l'ora, vennero ospitate a casa dello zio di Angela e Laura, che aveva appositamente liberato la camera dei figli, per cederla alle tre ragazze. Le due sorelle si coricarono nello stesso letto, mentre Amalia ebbe un letto tutto per sé. Non si mossero per tutta la notte sopraffatte dalla stanchezza.

Al mattino, si levarono ben presto per paura di perdere l'autobus per il paese.

Dopo dieci giorni, tornarono a Firenze per affrontare il test di ammissione alla facoltà di medicina. Angela aveva superato ogni titubanza ed era ormai decisa ad impegnarsi seriamente al fine di superare l'esame, per cui rimase sui libri per dieci, undici ore al giorno. Amalia, che sembrava più tranquilla, temeva in cuor suo di non farcela, in quanto a medicina vi era un numero limitato di posti, ma era spronata a non arrendersi da Angela, che spesso le ripeteva:

"Ti rendi conto che abbiamo conseguito la licenza liceale a pieni voti? Quindi perché non dovremmo superare il test d'ammissione? È solo questione d'impegno. Pensi forse che gli altri siano migliori di noi?"

E Amalia: "A pensarci bene hai ragione, ma mi spaventano le tante domande e… temo di non farcela. Forse farei meglio ad iscrivermi a Scienze Motorie, penso che sia meno pesante".

Angela, non potendone più delle sue lamentele, sbottò:

"E basta, porca miseria! Mettiamoci una volta per tutte a studiare insieme e vedrai che ci sosterremo a vicenda e che riusciremo a diventare dottoresse. Non ti va l'idea?"

Amalia conosceva bene Angela e sapeva che quando si inquietava faceva sul serio. Certe volte arrivava persino ad allontanarla, fino a quando non fosse riuscita a smaltire il broncio. Allora si prese un giorno per riflettere e infine convenne con lei che avrebbero iniziato a studiare insieme, per prepararsi ad affrontare il test di medicina.

Durante le ore di studio, ogni tanto si fermavano per fare uno spuntino: fette di pane con olio e pomodoro, accompagnate da un bicchiere di birra Peroni, e tutto funzionava a meraviglia.

L'esame era previsto per il 1° settembre e, data l'imminenza, avevano comprato il libro dei test, che appianasse loro alcuni dubbi, per cui dopo lo studio consultavano i test.

Il giorno stabilito per l'esame, andarono presto nell'aula magna a prendere posto. L'aula era ancora vuota ed avevano potuto scegliere due posti in penultima fila. Si erano munite di un organetto di carta a testa, su cui avevano appuntato ciò che non ricordavano bene.

L'esame durò in tutto due ore e le domande erano per lo più riferite a temi medici, altre all'attualità.

Tennero testa a quasi tutte le domande, solo qualcuna non si avvicinava a quanto studiato. Tornarono a casa e dopo qualche giorno iniziò l'attesa dell'esito.

Le ore trascorrevano lente ed il tempo sembrava interminabile. Amalia abitava in campagna ed era la prima di cinque figli, tre femmine e due maschi. La mamma, nel dare alla luce l'ultima nata, era morta per mancanza di soccorso. Amalia, avendo all'epoca quindici anni ed essendo la prima, ne aveva sofferto tanto, anche perché per lei quello era un momento delicato della vita.

Il padre, oltre ad impegnarsi nel lavoro, tentava di barcamenarsi con la numerosa prole. Per non parlare di Amalia, che ormai costituiva un po' il perno della famiglia, soprattutto d'estate, nel periodo delle vacanze. Mentre, per tutto il resto del tempo, erano la nonna e la zia ad occuparsi delle varie esigenze.

L'Università rappresentava quindi per lei l'evasione da

quell'ambiente e per questo avrebbe voluto superare l'esame ad ogni costo.

Di fatto, però, né lei né Angela credevano davvero di poter essere ammesse, nonostante lo studio consapevole e, quando si telefonavano, nei loro discorsi non esistevano argomenti diversi.

Per sette giorni le due amiche non riuscirono a vedersi, perché Amalia, nel frattempo, aveva dovuto aiutare la nonna a fare la salsa per l'intero anno.

Il mattino del 15 settembre, il postino iniziò il suo giro di consegna nelle campagne e poi nel paese. Amalia non era in casa quando arrivò ed egli consegnò alla nonna una raccomandata, facendole firmare la ricevuta e dicendole:

"Zia Lella, questa raccomandata viene da Firenze ed è intestata ad Amalia. Vedete di consegnargliela al più presto, perché potrebbe essere importante!" Ella rispose frettolosamente di sì.

Intanto il postino, tornato in paese, aveva visto Angela che accompagnava la mamma a sbrigare alcune faccende.

La chiamò ad alta voce:

"Angela, Angela, ti devo consegnare una lettera!" Ella corse col fremito nel cuore: "Dimmi Paolo, che lettera è?"

"Proviene dall'Università di Firenze." le rispose.

Ed Angela: "Che aspetti a consegnarmela? Si tratta di vita o di morte!"

Mentre le faceva apporre la firma, il postino cercava di indagare:

"Di che si tratta?"

Ma ella, avendo la testa altrove, con il cuore che le batteva all'impazzata, fece per allontanarsi e ribadì:

"Si tratta di vita o di morte." Ed egli: "Ma... te ne vai senza dirmi niente?"

Angela, emozionata, camminando tentava di aprire la busta in fretta, ma le mani quasi le si inceppavano, allora gli farfugliò: "Domani... domani ti dirò tutto."

Intanto, mille pensieri le affollavano la mente: "Che cosa mi vorranno comunicare? Ce l'avrò fatta oppure no?"

Finalmente riuscì ad aprire la busta e ad estrarre il foglio la cui intestazione riportava: "Alla studentessa Mogli Angela" e continuava a capo:

"La S.V. è stata ammessa alla frequenza del primo anno di Medicina."

Dopo aver letto la comunicazione, Angela fece salti di gioia. La mamma, che le stava accanto, intuì e le disse:

"Tesoro, non mi dire che..."

"Sì, mamma." le rispose. E la mamma:

"Vieni qui, fatti abbracciare. Sei stata bravissima. Forza, andiamo a casa a comunicarlo ai tuoi fratelli e a telefonare a papà per metterlo al corrente."

"Certamente, mamma, sarà fatto!" e le diede un bacio grande grande, aggiungendo:

"Senza di te non avrei superato un bel niente. Sei tu, mamma, la mia linfa vitale." E la mamma, col groppo in gola, tentò di minimizzare: "Dai su, non esageriamo!"

Angela rientrò trionfante a casa e mostrò con orgoglio la lettera agli altri familiari, i quali si complimentarono con lei:

"Hai visto che quando ti impegni ce la fai?" E Laura aggiunse:

"Non pensare di aver conquistato il mondo, perché ti attende un duro lavoro, fatto di sacrifici e di rinunce, se vorrai conseguire la laurea."

Ed ella annuì con un cenno del capo e corse dalla nonna, per condividere anche con lei il suo successo.

Al rientro a casa si ricordò di Amalia, dalla quale si recò, facendosi dare un passaggio da un amico di Leo.

Bussò alla porta ed andò ad aprirle proprio la sua amica, che le disse:

"Meno male che sei venuta! Ti avrei telefonato tra poco, per dirti che..." E non osava continuare, nel timore che l'amica avesse ricevuto un duro colpo.

Ed Angela: "Mi vuoi dire che... che sei stata ammessa?"

"Ebbene sì. E tu hai ricevuto la comunicazione?" le rispose Amalia.

Angela a quel punto sfilò dalla borsetta la lettera e, tutta raggiante, la mostrò all'amica che, a sua volta, esclamò:

"E vai!"

Si strinsero in un forte abbraccio e si misero a saltellare senza smettere per un attimo. Amalia, a quel punto, andò in cantina e prese una bottiglia di vino buono, annata '66, per fare un bel brindisi insieme al padre, che si trovava lì in quel momento. Dopo i festeggiamenti, le future dottoresse si strinsero ancora in un abbraccio e Amalia disse:

"Allora collega, quando andremo a Firenze a cercar casa?"
E Angela:

"Calma, calma, prendiamoci una settimana di riposo e poi andremo."

Amalia annuì. Dopo di che, si salutarono con un altro abbraccio. Angela fece ritorno a casa e si ricordò di telefonare al padre, per comunicargli la bella notizia:

"Pronto? Chi sono, secondo te?"

"Chi sei? La mia cara piccola Angela. Perché hai chiamato tu? Siamo d'accordo che ogni dieci giorni vi chiamo io, che pago poco da qui; sai che le telefonate dall'Italia costano il doppio." le rispose il padre.

E lei:

"Non ha importanza, papà, perché ho da comunicarti una notizia strabiliante."

E lui: "Mi vuoi dire che... che..."

"Sì papà, sono stata ammessa e sono la trentaduesima in graduatoria su 560 ammessi".

Ed il papà:

"Tesoro, sono proprio contento, ma anche un po' preoccupato, perché sei troppo giovane per vivere in una città piena di insidie, soprattutto con le manifestazioni studentesche di questi anni. Anche se papà tuo non è in Italia in questo periodo, segue quotidianamente le notizie sui giornali e sa che di sicuro non è un periodo tranquillo questo."

E continuò:

"Mi prometti che, quando ti trasferirai in città, non darai retta a nessuno e non accetterai inviti da persone che potrebbero approfittare di te?"

Ed ella lo rassicurò:

"Ma dai papà, che vai a pensare... Sai che prenderò l'appartamento con Amalia e quindi non sarò sola. E poi, non sono sprovveduta, fidati. Me la so cavare. Anzi, paparino, conto sul tuo assegno mensile e sappi che ce la metterò tutta per prendere la borsa di studio, così mi finanzierai interamente per quest'anno e parzialmente per il prossimo, perché vedrai... cercherò di prendere la borsa di studio ogni anno. Stai tranquillo, non ti deluderò."

E, dopo queste parole, si salutarono con un bacio a distanza.

L'unica nota stonata, per godere appieno della sua felicità, era dovuta al fatto che non vedeva Luca da un anno e non poteva comunicargli la buona novella. Di lui non aveva più notizie: sembrava scomparso nel nulla. Anche se non lo considerava più il suo ragazzo, perché diceva a se stessa che se lui l'avesse amata davvero sarebbe andato da lei quasi tutti i giorni, spesso le tornava in mente. Ricordava di lui i baci appassionati e le carezze, che rimpiangeva, perché in quei momenti sembrava sincero. Un po' di mesi prima aveva saputo che Luca stava con una studentessa del suo corso di laurea e ciò rappresentava il motivo per cui tentava in ogni modo di allontanarlo dalla mente ma, come un'ombra, spesso ritornava nei suoi pensieri.

In quella settimana di riposo, Angela era andata in campagna da Amalia e, mentre si raccontavano storie sui loro corteggiatori, sentirono il suono insistente del clacson di un'auto, che percorreva la strada vicino casa. Amalia, reagendo con fastidio all'insistenza del suono, brontolò:

"Chi sarà mai questo cretino? Sembra che voglia quasi entrare in casa col suo rumore assordante."

Poi non sentirono più niente.

Si avvicinarono alla finestra della camera da letto, da cui si vedeva bene la strada e, con grande meraviglia, videro l'auto ferma sul ciglio, in direzione della casa, e un ragazzo che si stava avviando per il vialetto. Amalia riconobbe subito Luca e gli impose l'alt:

"Che vuoi fare? Vuoi essere impallinato da mio padre se ti vede venire a casa?"

Ed egli:

"Fai affacciare Angela, è con lei che voglio parlare."

Ma Amalia per tutta risposta: "Non ti vuole vedere, né sentire. Comunque adesso provo a chiamarla."

Angela, che all'inizio non aveva capito nulla, sentendo le parole di Amalia si rese conto della situazione ed ascoltò tutto il dialogo, nascondendosi dietro di lei. Alla fine, fece un passo in avanti per farsi vedere e gli disse:

"Dove sei stato tutto questo tempo? Ti ricordi solo ora di me. So bene che hai un'altra all'Università, per cui l'argomento è chiuso."

Detto questo rientrò.

Ma egli, non dandosi per vinto, minacciò Amalia:

"Se tra cinque minuti non la fai venire all'incrocio della strada, ti assicuro che scavalcherò la finestra per parlarle, chiaro?"

E Amalia:

"Tu sei scemo. Mio padre non scherza mica e se ti trova in camera saranno guai per te." Ma Luca ribatté: "Non me ne importa un accidenti. O la fai venire oppure entro in casa."

Le due amiche si consultarono velocemente e si recarono entrambe all'appuntamento, all'insaputa del padre di lei.

Angela era tesa ed il suo cuore batteva a mille all'ora.

Come vide Luca, ebbe voglia di buttargli le braccia al collo, ma si trattenne, perché non lo meritava. Allora fu alquanto formale. Egli, non curandosi dell'amica, le andò vicino e le diede un pizzicotto in viso dicendole:

"Ciao, come va?"

E, senza attendere risposta, continuò: "Sai che sei diventata ancora più bella?"

E lei: "Ti ringrazio. Ma… qual è il motivo della tua visita? Vedo che ogni tanto ti ricordi che esisto."

"Ma che dici? - protestò lui - Sai che ci tengo tantissimo a te. È solo che sono preso dagli impegni di studio. Ho già dato due esami ed il terzo, disegno, non è andato bene. Non sono sicuro di voler continuare ingegneria, perché non ho alcuna predisposizione per il disegno e… tornando qui ho pensato di dedicare il mio tempo a te, a meno che… tu non abbia un altro ragazzo."

Diceva verità parziali riguardo all'impegno per gli esami, ignorando che lei sapeva dei suoi flirt.

Angela, non resistendo più, gli disse che aveva non un ragazzo, ma più di uno, e continuò:

"Pensi che io sia un oggetto nelle tue mani? Forse perché non mi credi capace di sentimenti autentici, dal momento che non mi do a te."

E presa dalla rabbia, che le faceva bollire il sangue in testa, continuò:

"È per questo che sei venuto a trovarmi? Per ritentarci, per collezionare un altro trofeo, oltre all'ultimo che hai lasciato all'Università? Mi dispiace, con me non funziona. Fai bene a girare i tacchi e ad andartene da dove sei venuto."

Luca si rese conto che Angela aveva saputo della sua storia e cominciò subito a difendersi:

"Ho capito. Ti hanno detto che spesso studio con una ragazza. Credimi, è solo una compagna di studi. E poi è brutta e tarchiata."

Ma, nonostante le giurasse eterno amore, lei non gli credette. Nella sua mente c'era battaglia tra razionalità e istinto: la ragione le imponeva di non crederci, l'istinto sì.

Da esperto di donne, lui la calmò, dicendole che sarebbe stata per sempre la sua sola ragazza. Così, si salutarono con un bacio e con la promessa che sarebbe tornato presto a trovarla.

Di fatto non tornò ed ella non ci pensò più, perché eccitata dai preparativi per la partenza.

Mentre preparava la valigia, la mamma le diceva:

"Angela, metti un po' di alimenti in un borsone, perché tu possa mangiare qualcosa durante il viaggio e possa avere un po' di scorte per i giorni a venire."

Le diede retta e sistemò le provviste in uno zaino. Era quasi tutto a posto per la partenza, soltanto che lei non si sentiva davvero pronta, perché le dispiaceva lasciare i suoi cari, anche se, d'altro canto, era entusiasta al pensiero del cambiamento di vita che l'attendeva. Contemporaneamente Amalia preparò ciò che le sembrava più utile da portar via ma, a differenza di Angela, era contenta di andarsene, per scrollarsi di dosso le responsabilità familiari assunte precocemente: voleva vivere finalmente la sua vita.

∗∗∗

La partenza non fu molto sofferta. Entrambe le amiche si facevano coraggio. Sul treno che le portava a Bologna fecero un incontro poco piacevole: un uomo era scortato dalla polizia per essere condotto al carcere. Evidentemente era stato colto in flagranza di reato e protestava con i carabinieri per essere stato ammanettato.

Le due amiche si erano spaventate così tanto, da rimanere

turbate anche dopo l'arrivo a Firenze.

Appena giunte a destinazione, percorsero il viale che dalla stazione le avrebbe portate alla pensione per ragazze, in cui avevano prenotato una camera. La pensione si trovava al primo piano di un palazzo anni '40, costruito durante il fascismo. Furono accolte da una signora di mezz'età, alta e bionda, piuttosto robusta, che porse loro la chiave della camera nella quale avrebbero alloggiato e che, mentre indicava la stanza, parlò con fare determinato:

"Vi ho assegnato la seconda a destra, di fronte c'è la porta del bagno. Vi raccomando: la sera dopo le dieci non si fa baccano e si spengono le luci quando si dorme. Vi consiglio di alzarvi presto al mattino se volete evitare la fila in bagno, perché è l'unico servizio del vostro corridoio. Inoltre, sappiate che qui non potete far salire ragazzi. Siamo intese? Buonanotte."

Le ragazze risposero, atterrite da quel tenente in gonnella: "D'accordo. Buonanotte a lei."

E così iniziò per le amiche il periodo universitario che tanto avevano sognato.

L'appartamento era grande, con piccole stanze pitturate di bianco. La loro camera era arredata con due lettini. Sulla parete di appoggio delle testiere vi erano una croce di legno e due comodini, di fronte un armadio, alla cui apertura si sprigionava un tanfo di vecchiume. L'alloggio era alquanto modesto, ma Amalia lo vedeva persino bello, perché si sentiva finalmente libera, mentre Angela aveva nel cuore un senso di nostalgia per la casa che aveva lasciato, piena di mobili antichi e di ninnoli di vario genere.

Quella sera non ebbero la forza di uscire; mangiarono un po' di provviste portate da casa e subito si misero a letto, prendendo immediatamente sonno per la stanchezza accumulata durante il giorno. Amalia si svegliò alle sette del mattino, come era solita fare a casa per rassettare e preparare la colazione ai fratelli più piccoli. Si diresse subito al balcone, ne aprì le imposte, diede uno sguardo fuori e si accorse che la città era già in movimento. Alzò le braccia per stirarsi ed emise con soddisfazione un grosso sbadiglio. Poi prese la sua roba ed andò in bagno per le abluzioni. Intanto uno spiraglio di sole illuminava il viso di Angela, la quale, con un occhio semi aperto, si rese conto che era giorno ma, vinta dal sonno, infilò la testa sotto il cuscino e continuò a dormire fino a quando Amalia non fece ritorno nella camera e la chiamò:

"Angela, siamo a Firenze, ti sei dimenticata? Dai su, alzati! Adesso il bagno è vuoto se vuoi lavarti."

"Lasciami dormire ancora un po'. Vedrai che mi alzerò per tempo!" protestò Angela.

"Ti ho detto che tra un po' inizierà la fila in bagno e noi faremo tardi alla prima lezione."

Angela, a casa sua, nelle mattine d'estate, quando non aveva impegni, si alzava alle dieci e la mamma la lasciava riposare. Dunque, a malincuore mise i piedi a terra e, strofinandosi gli occhi per vedere più chiaro, prese il necessaire, gli asciugamani e corse in bagno.

Dopo essersi preparata, si affacciò al balcone e guardò il panorama che si scorgeva da lassù. Vedeva palazzi anni '50 e '60 in fila come soldati, il viale lungo pieno di alberi tagliati con cura, la strada tempestata di automobili che sfrecciavano all'uscita del verde e che stridevano nei freni all'apparire del rosso. Era tutto così diverso dal suo piccolo paese! L'aria umida, la luce nebbiosa… Era per lei un mondo sconosciuto. Si rese così conto che avrebbe dovuto abituarsi, senza poter rivelare le proprie sensazioni ad Amalia, la quale aveva un carattere più adattabile del suo. Di sicuro avrebbe imparato a conoscere e magari ad apprezzare quell'ambiente così diverso da quello in cui aveva vissuto fino a due giorni prima. Era nata e cresciuta in un paese di cinquemila abitanti, in cui tutti si conoscevano e sapevano ogni cosa l'uno dell'altro. Il nuovo ambiente era così grande e così anonimo!

Dopo quel primo impatto rientrò, prese il libro, il quaderno degli appunti, un piccolo registratore e scese in strada con Amalia.

La lezione di anatomia iniziava alle undici. Alle dieci e mezza le due amiche si separarono, perché Amalia voleva comprare la rivista "Donna Moderna" in edicola, mentre Angela preferiva andare in aula magna, a prendere posto per sé e per lei.

L'aula era già piena di studenti. Qualcuno si intrufolava per individuare bene quelli del primo anno, le cosiddette matricole, in modo da festeggiarle a loro insaputa, festeggiamenti che spesso consistevano in giochi di cattivo gusto. Vi era posto solo in prima fila. Angela si sedette vicino a un ragazzo molto distinto e di bell'aspetto ed occupò anche un posto per Amalia. Il ragazzo si presentò:

"Salve, mi chiamo Nicola e tu?" "Io Angela" rispose.

Egli continuò:

"Stanno passando degli studenti del quinto anno a domandare alle ragazze se sono matricole. Quando verranno da te, dì che stai frequentando il corso di anatomia, perché non l'hai superato al primo anno."

"E perché?" gli chiese. E lui:

"Perché vanno in cerca di matricole, per divertirsi a metterle in imbarazzo, con la scusa della festa." Angela, un po' sbalordita, rispose:

"Ok, grazie per avermelo detto. Farò così."

Infatti, quando si avvicinò un ragazzo per domandarle se fosse matricola, ella rispose che era del secondo anno, ma che era lì perché avrebbe dovuto ridare quell'esame.

In effetti Nicola era iscritto al secondo anno e doveva sostenere nuovamente l'esame di anatomia. Da quel giorno, i due si incontrarono ogni mattina al bar per la colazione e, essendo Nicola figlio di un medico, quindi danaroso, gliela offriva spesso e poi... via alle lezioni in laboratorio.

Dopo un mese, Angela ed Amalia si erano quasi ambientate.

Una mattina, nel salire le scale dell'Ateneo, Angela incrociò Luca, che frequentava Giurisprudenza e non più Ingegneria. Fu un incontro davvero inaspettato, perché non lo vedeva da quella sera in campagna e addirittura le avevano detto che non avesse proseguito gli studi in quanto, essendogli morto il padre, non aveva disponibilità economiche. In realtà fu lui a notarla per primo. Le sbarrò la strada e la costrinse a fermarsi. Ella, nel vederlo, avvertì un senso di fastidio, ma lo seppe simulare bene.

Gli disse:

"Guarda, guarda... chi non muore si rivede!" E lui:

"Che coincidenza, non volevo credere ai miei occhi! Come mai sei qui a Firenze? Posso domandarti che ci fai all'Università?"

Ella, con tono ironico e con la testa inclinata da un lato, rispose:

"Quello che fai tu."

Luca non volle cogliere il tono ironico, perché sapeva di avere torto marcio e continuò a dire: "Ora sì che potremo verderci quando vorremo. Non è vero Angela?"

Ma lei si indignò e urlò senza curarsi degli altri studenti:

"Pensi che io sia una di quelle che frequenti tu? Toglitelo subito dalla testa e va' pure in cerca di donne della tua risma!"

Egli, che fino a quel momento le aveva tenuto testa, dopo quelle pesanti parole, batté in ritirata e non si vide in giro per un po'.

Angela pensò di essere stata molto dura, ma disse a se stessa che un comportamento così lo richiedeva.

Poi, però, quasi ogni notte, pensieri dubbiosi le attraversavano la mente: "Ci terrà davvero a me? È il caso che ricominci a frequentarlo?"

Quell'incontro l'aveva veramente turbata. Le ore notturne trascorrevano senza che lei, girandosi e rigirandosi nel letto, riuscisse a dormire, fino a che, alle prime luci dell'alba, non cadeva in un sonno profondo. Una volta, mentre sognava di essere baciata da Luca e di vedere la sua immagine svanire di colpo, si risvegliò bruscamente, in realtà perché chiamata più volte da Amalia, la quale continuava a dire:

"Angela, per l'ennesima volta, alzati! Dormi tranquillamente, pur sapendo che alle nove inizia la lezione di anatomia?"

Lei, nel vedere l'orologio, sobbalzò:

"Caspita, sono le otto e sto ancora in pigiama! Mi sbrigo in pochi attimi, vedrai."

Giunse dicembre e le due ragazze sembravano ormai abituate alla nuova vita.

Amalia stringeva facilmente amicizia con tutti ed Angela la rimproverava per l'eccessiva confidenza con cui trattava emeriti sconosciuti, ma a nulla valevano i rimproveri, perché lei rispondeva:

"Va bene suocera, come vuoi tu."

In effetti si prendeva gioco di lei, perché comunque era abituata a fare ciò che trovava più giusto, anche se spesso doveva ammettere di aver sbagliato. Ciò le proveniva dal fatto che a casa sua era spesso lei a prendere le decisioni, dato che i fratelli erano più piccoli e il padre aveva una certa soggezione a redarguirla, anche quando sbagliava, visto che si prodigava per tutti. La troppa libertà la faceva sentire così sicura da impedirle di valutare correttamente situazioni a volte poco piacevoli.

Angela, invece, dal comportamento morigerato e sempre attenta a tutto ciò che la circondava, quando Amalia prendeva decisioni avventate, la invitava a ragionare.

Dopo qualche mese, sul treno diretto a Firenze, avevano conosciuto due ragazzi che avevano trovato posto nel loro scompartimento.

Si chiamavano Lino e Mimmo. Anche loro vivevano a Firenze e, parlando del più e del meno, avevano detto che a casa di Lino, quella sera, ci sarebbe stata una festa da ballo alle otto e che non sarebbero dovute mancare. Amalia mostrò subito un certo entusiasmo per l'invito, tanto che, una volta scesi dal treno, promise ai due che sarebbero andate entrambe alla festa.

Rimaste sole, Amalia riprese il discorso e disse ad Angela:

"Dai, andiamo stasera a ballare a casa di Lino? Cosa dici, metto quell'abitino nero?" E Angela:

"Stai scherzando, immagino! Possibile che tu non pensi che possano aver inventato la festa per divertirsi con noi? Mi dispiace dirtelo, ma sei troppo ingenua! Non li conosci e subito ti fidi."

E Amalia:

"Ma dai, che vuoi che ci facciano! Sei troppo maliziosa."

"Senti un po', sai che ti dico? Sarai tu ad andarci da sola, se proprio vuoi, io non vengo" proseguì Angela. Alla fine, a malincuore, Amalia dovette demordere: "E va bene. Non andremo."

"L'hai capito finalmente che non devi accettare inviti, soprattutto da chi non conosci E vedi di darmi sempre retta."

Dopo qualche giorno, Amalia fece un incontro inconsueto: Luca, che subito le chiese di Angela. Per toglierselo di torno, dato che non lo sopportava, gli disse che Angela non voleva più vederlo, che aveva un altro ragazzo e, per farlo ingelosire, aggiunse: "Se non mi credi, vai la mattina al bar di fronte all'Università, la vedrai in compagnia di un bel ragazzo bruno dai capelli ricci."

Luca amava Angela, ma a modo suo. Quando lei era in paese, non potendola frequentare, trascorreva la sua vita in città studiando e, nel tempo libero, frequentando ragazze abbordabili nell'ambiente universitario. Pensava a lei soprattutto al rientro da Firenze, perché, essendo una brava ragazza, restava il suo punto fermo, quella che avrebbe reso felice lui e la sua stessa mamma, la quale aspirava a una nuora seria, senza grilli per la testa. Infatti ripeteva costantemente al figlio:

"Ti raccomando, non prendere in giro le figlie di mamma e vedi di scegliere una ragazza seria che non sia mai stata con nessuno, che studi come te e che sappia destreggiarsi in casa e fuori; così non avrai pensieri quando andrai a lavorare e sarai sicuro di lei."

Non gli diceva però:

"Scegli la donna che ami e comportati sempre bene."

Da quando Angela stava nella sua stessa sede universitaria, lui pensava spesso a lei, non si capacitava del perché non riuscisse in alcun modo a conquistarla totalmente e quel chiodo fisso lo tormentava.

Col passare del tempo, però, era riuscito a riavvicinarla e i due avevano cominciato a frequentarsi assiduamente.

Angela aveva preso sul serio il nuovo corso di studi. Frequentava le lezioni mattina e pomeriggio senza alcuna tregua. Un giorno, come al solito, alle nove si sarebbe tenuta la lezione di anatomia ed era d'accordo con Amalia che sarebbero dovute arrivare in anticipo in laboratorio, per prendere posto in prima fila. Ma proprio quella mattina Angela non si era svegliata in tempo. Allora Amalia aveva aperto le imposte sbattendole, rimbrottandola che non avrebbero fatto in tempo per la lezione. Svegliata da tutto quel rumore, Angela si alzò di colpo, si lavò, raccattò i panni del giorno prima sulla sedia, li indossò in men che non si dica e corse all'università. Fece in tempo a partecipare all'ultima parte della lezione, la più importante, che riuscì a registrare.

Amalia ed Angela, entrambe molisane, condividevano l'appartamento con Teresa, originaria della Calabria, precisamente di un paesino situato ai piedi della Sila. Teresa era quella che, al rientro dalla sua terra, portava le specialità fatte in casa dalla mamma: salsicce, 'nduja (salame con paprika piccante spalmabile sul pane), funghi raccolti in montagna e pane di casa. Le due amiche attendevano con ansia il suo ritorno con il bottino, che durava quasi un mese. Anche loro avevano poi preso l'abitudine di portare, a turno, i prodotti tipici della propria terra. Quando esaurivano le scorte, spesso Angela decideva di tornare in paese, per rifornirsi di soppressate al pepe, uova, carciofini sott'olio. A sua volta Amalia tornava carica di salsicce alla paprika ed al pepe, formaggio di pecora e dolci cotti nel forno a legna.

Nell'appartamento in città, le tre ragazze avevano deciso di ripartirsi i compiti: Teresa era quella che preparava i pasti per pranzo e cena, Amalia puliva quotidianamente i tre ambienti ed Angela usciva di buon mattino a fare la spesa al mercato rionale, per poi correre velocissima all'Ateneo.

A sera Luca, dopo gli impegni universitari, era solito farle uno squillo, affinché si preparasse ad uscire, spesso per andare al cinema. Nell'attesa che lui la raggiungesse, Angela provava due o tre abitini, tra cui scegliere quello da indossare. Truccava accuratamente le palpebre con l'eye-liner nero, sfumava appena le labbra a cuore con il gloss chiaro e dava l'ultima occhiata allo specchio, sistemando con cura la cascata di capelli che contornavano il suo bel viso, nel quale risaltavano i grandi occhi neri, luminosi come due faville. Quei minuti di attesa le sembravano un'eternità e, al suono del citofono, prendeva l'antico ascensore di ferro e correva da lui, pronto ad accoglierla tra le sue braccia. Luca la circondava di premure che lei ricambiava. A volte, nell'androne del palazzo, gli offriva la macedonia preparata da Teresa e versata in un bicchiere di carta, con dentro un cucchiaio di plastica, oppure gli faceva assaggiare il panino con la 'nduja.

Si stava avvicinando il periodo degli esami. Le due amiche da novembre frequentavano le lezioni di anatomia ed istologia. Maggio era il mese nel quale lo studio si faceva più intenso, pertanto Angela e Luca si vedevano con minor frequenza. Un giorno Luca le telefonò:

"Senti Angela, vogliamo incontrarci nel primo pomeriggio, in modo da avere poi tempo per studiare fino a tardi?"

"Concordo, proposta intelligente." rispose lei.

Seguitarono ad incontrarsi, per più di un mese, sempre all'ora convenuta. Un giorno Angela incontrò Fedele, un compagno di corso. Mancavano quindici giorni all'esame e lui le chiese di studiare insieme, per ripetere una parte di programma, che richiedeva lo studio mnemonico dei termini medico-scientifici e, dal momento che Amalia aveva deciso di studiare a casa, lei prese accordi con lui per incontrarsi nel salone della casa dello studente. Il palazzo era composto da un ingresso piuttosto ampio, con la reception a destra, in cui il portiere consegnava le chiavi delle camere agli studenti che vi dimoravano ed in più rispondeva al telefono, un piccolo corridoio a sinistra portava alla mensa, mentre in fondo vi era il salone con un grande schermo al centro e con tavoli da studio, in entrambi i lati, che ospitavano dai quaranta ai cinquanta ragazzi.

Si incontrarono e presero posto alla sinistra della porta d'accesso. Angela leggeva ad alta voce le pagine del libro sottolineate e Fedele seguiva sul suo. Mentre il suo amico era intento a ripetere quanto appreso, Angela nell'ascoltarlo spaziava con lo sguardo nella sala, che nel frattempo si era riempita, quando vide ad un tratto Luca che prendeva posto al tavolo della fila opposta, in compagnia di una ragazza dai capelli corti e bruni e dall'aspetto piuttosto goffo. Egli non s'accorse della sua presenza, se non molto più tardi. Quando la vide, la salutò con un sorriso. Da quel momento in poi, Angela non stette più a sentire il suo compagno. Aveva un disperato desiderio di andare da Luca, per urlargli quanto fosse falso e bugiardo e per intimargli di non farsi più vivo. Ad un certo punto, interruppe Fedele per confidargli l'ipocrisia del suo ragazzo, ma egli non rimase sorpreso, poiché, essendo amico di Luca, sapeva dei suoi incontri frequenti con Ornella e tentò di calmare Angela. Dopo un'ora, quando Luca e Ornella stavano uscendo dalla porta laterale, le comunicò che ogni pomeriggio, finita l'ora di studio, i due erano soliti montare sulla cabriolet rossa della ragazza, per sparire a tutta velocità. Allora Angela si precipitò fuori e li vide partire a razzo. Fu presa da un impetuoso attacco d'ira, tornò da Fedele, che non proferì parola, e gli disse:

"A quanto pare tu sapevi del flirt tra i due e non mi hai detto nulla sino a qualche momento fa. Perché mi hai riservato un comportamento del genere? Questo merito dal mio miglior amico?"

E lui:

"Mi dispiaceva vederti soffrire, lo so che tu tieni tanto a lui." E continuò:

"Mi ha confidato che non la ama, ma ci fa sesso ed è spesso ospite a casa sua. Ti prego, dimenticalo, non è il ragazzo giusto per te."

Nel sentire quelle parole, Angela avvertì forti fitte al petto: era come se in quel momento le avessero trafitto il cuore con una spada. L'amico se ne avvide e cercò di parlare d'altro, lungo il viale che poi li avrebbe condotti alla pensione di lei. La vide distrutta, le mise per un attimo il braccio sulla spalla, cercando in qualche modo di parlare d'altro per distrarla. Per tutta la notte Angela non riuscì a chiudere occhio e rimuginò:

"Ecco il motivo per cui viene a prendermi alle tre per la passeggiata… altro che studio... Farò finta di non sapere nulla e nel pomeriggio lascerò che mi attenda invano."

Così non fece ritorno a casa, ma rimase ospite di Tina, sua compagna di corso, da cui si fermò per tutto il pomeriggio.

Luca arrivò puntuale all'appuntamento, ma Angela disse ad Amalia di rispondere al citofono e di dirgli che non era rientrata a pranzo. L'amica così fece e poi riattaccò la cornetta.

Ma Luca suonò ancora.

"Che altro vuoi sapere?" disse Amalia.

"Ti ha detto con chi sarebbe stata?""

A quel punto Amalia sbottò:

"Che vuoi che ne sappia io e… comunque anche se lo sapessi non te lo direi, per la tua insistenza."

A quel punto, Luca capì che non tirava aria buona e decise di andar via. Alle cinque era ancora alla Casa dello studente, con l'amica, a studiare per un'ora. Quel pomeriggio vide soltanto Fedele e non ebbe pace fino a quando non se ne andò con Ornella, ma i suoi pensieri erano tutti per Angela. Mentre stava con Ornella, diceva a se stesso:

"Dove sarà in questo momento? E con chi?"

Quel pomeriggio declinò l'invito di recarsi a casa della ragazza. Allora la sua amica, che in quel momento stava guidando, gli propose un giro in periferia e lui acconsentì come un automa. Lei, conoscendo bene quei posti che frequentava con altri, si infilò in una stradina di campagna e spense il motore. Fu sempre lei a prendere l'iniziativa e a baciarlo con ardore ma, nonostante i suoi tentativi, Luca era talmente preso dall'assenza di Angela che non riuscì neanche a baciarla.

Nel pomeriggio successivo, si ritrovarono nella sala della Casa dello studente tutti e quattro. Intanto Angela, mentre Fedele leggeva, era assorta nei suoi pensieri:

"Dove andrà con lei ogni pomeriggio?"

E mentre stava riflettendo, alle sette in punto i due si alzarono ma, prima di schizzare fuori, Luca disse ad Ornella:

"Vedi quella ragazza là in fondo? È del mio paese, vado un attimo a salutarla." Si avvicinò quindi ad Angela e le disse:

"L'amica con cui studio mi sta offrendo un passaggio con la sua auto. Così a casa continuerò a studiare. A proposito… ma dove sei stata ieri? Ti ho atteso sotto casa e, quando ho citofonato, quell'antipatica della tua amica mi ha detto che saresti stata a pranzo fuori. Ci vedremo domani pomeriggio e ti prego di non farmi attendere. A domani allora!"

Le mandò con due dita un bacio rassicurante e sgattaiolò fuori con l'amica. Si vedeva che non soffriva più per Angela, perché aveva trovato dentro di sé la giustificazione al suo comportamento, infatti la sera precedente si era detto:

"Ma a cosa sto pensando… sarà andata a pranzo da qualche compagna universitaria."

Rimosse immediatamente così il pensiero che lo aveva tormentato e continuò ad essere il ragazzo di sempre: frivolo ed amante delle donne.

A quel punto Angela, furibonda, sbottò ad alta voce con l'amico, il quale le aveva già dato la pozione di veleno, per allontanarla da lui:

"Ma guarda quel cretino. È normale che si faccia dare il passaggio da lei e che domani voglia uscire con me?"

Mentre l'accompagnava alla pensione, Fedele riprese il discorso, al fine di consolare non tanto lei quanto se stesso, dal momento che si era invaghito di Angela. Intanto, il giorno seguente, Luca e Angela si incontrarono all'università e, mentre facevano insieme un giro dell'isolato, lui le spiegò che Ornella era solo un'amica con cui studiare e nient'altro. Appoggiati al tronco di un vecchio pinus pinea, nel giardino dell'Ateneo, si strinsero l'uno all'altra e si baciarono ardentemente. Dopo circa un'ora, si ritrovarono nel solito salone degli studi. Luca aveva compreso come aggirare l'ostacolo con Angela e fece parcheggiare l'auto ad Ornella nel retro della casa. Al solito orario sventolò la mano per salutare Angela e Fedele e i due scomparvero in tutta fretta. Angela corse a vedere se lei gli stesse dando un passaggio e, non trovando l'auto, si affrettò all'uscita nel retro del palazzo e vide Luca che aveva preso posto nella coupé di fianco a lei. A quel punto la prova era schiacciante. La vista le si annebbiò, mentre sentiva fitte al petto e un groppo in gola e, per non cadere, si appoggiò alla porta. Fedele, vedendola in quello stato, la sorresse e la accompagnò all'angolo del bar. L'aiutò a sedersi e le portò una camomilla calda, nella quale aveva versato due bustine di zucchero; gliela porse e le raccomandò di berla tutta, che poi sarebbe stata bene. Continuò a circondarla di premure, anche quando stette meglio e volle farsi accompagnare a casa per riposarsi. Per strada le offrì il suo braccio e, accarezzandole la mano, disse:

"Ma tu vuoi star male per lui? Non crearti problemi inutili, lui è fatto così. Val la pena allora soffrire per uno così? Sai che ti dico? Manda al diavolo una volta per tutte quel cretino e vedrai che, dopo essertene liberata, col tempo potrai trovare un ragazzo a modo come te." E, per farla sorridere, le raccontò alcune barzellette. Poi, giunti al portone, la lasciò andare solo quando la vide più serena.

Fedele Maj era un ragazzo di bell'aspetto. Di altezza media, aveva capelli bruni e ricci e occhi cerulei, che cambiavano colore a seconda del cielo: se perturbato, erano di un colore grigio luminoso, se terso, assumevano il colore di un celeste sereno. Aveva spalle larghe e braccia muscolose, mente il girovita stretto faceva risaltare la tonicità del suo corpo. Era di buona famiglia: padre ingegnere e madre assistente sociale. Figlio unico, aveva acquisito le stravaganze di suo padre, che imitava nella vita, come l'hobby del paracadutismo e la passione per le armi. Quando una volta la invitò a casa sua, percorsero due vicoli stretti del centro storico, l'ultimo dei quali immetteva in una piazza dal lastricato bianco lucido puntellato. Sbucando dal vicolo, Angela vide in lontananza la maestosità del palazzo, che poteva risalire al '500, ed imperava tra gli altri nella sua bellezza. La parte anteriore si presentava a mattoncini a vista e sotto la grondaia una merlatura rinascimentale abbelliva l'intera facciata. Rimase stupita nel vedere lo studio del padre del suo amico. Era arredato con mobili d'epoca: un tavolo da lavoro in noce dai piedi robusti, che rappresentavano due cornucopie intarsiate a mano, ed una libreria piuttosto fornita, con vetri gialli che lasciavano trasparire tanti tomi. La base poi riprendeva il motivo del tavolo. Da una porta si accedeva allo studio tecnico e da un'altra ad una vera e propria armeria. Le fece un certo effetto vedere tanti tipi di armi, rigorosamente chiuse a chiave. Fedele si fermò con Angela proprio lì e le diede spiegazioni su tutti i nomi delle armi e su come venivano ripulite periodicamente, per non farle inceppare, in modo da poterle usare, ogni tanto, nella villa di campagna. Quando tornò nella pensione, Angela si sentì male al solo ricordo di tutte quelle armi e giurò a se stessa che mai Fedele sarebbe stato il suo ragazzo. Tra l'altro, le era tornato in mente che ambedue avevano scelto criminologia, come esame complementare del piano di studi. Ciò che aveva visto l'aveva sconvolta.

Come al solito, Luca andò a prenderla all'ora stabilita, ribadendole che Ornella era solo un'amica e lei volle credergli. In uno di quei pomeriggi la portò a casa sua. Abitava in un appartamento, all'ultimo piano, di una casa ubicata a due passi da un ponte sull'Arno; bisognava immettersi nel vicolo che costeggiava una grossa gioielleria, subito dopo l'attraversamento del ponte, e percorrere un ultimo tratto di strada per arrivarci. Rimase stupita quando vide che abitava nell'appartamento più piccolo del secondo piano, l'unico che godeva del terrazzo sovrastante, di quel bel palazzo a due piani in barocco fiorentino, le cui balconate tondeggianti sfoggiavano preziose lavorazioni in ferro battuto, che ricordavano lo stile ridondante dell'epoca. Il robusto portone di rovere intarsiato con motivi floreali, dai battagli di ferro a forma di mascheroni, era socchiuso e lasciava intravvedere un cortile piuttosto ampio, dal pavimento a quadratini di pietra vulcanica, al cui centro creava un certo contrasto una statua marmorea di donna con in mano un grappolo d'uva. Gli stessi motivi erano ricreati nei vasi di cemento bianco, che adornavano l'intero androne. A destra dell'ingresso, la finestra sempre aperta del piccolo appartamento del custode consentiva di vedere le persone che entravano e a chi andavano a far visita. Tutt'intorno, in alto, si vedevano finestre protette da robuste grate di ferro. Angela non volle prendere l'ascensore in ferro battuto dai motivi floreali e preferì salire le scale. Lesse al primo piano sulle porte di due abitazioni: Casa di moda Frugoni e chiese a Luca se nell'atelier producessero anche capi femminili. Luca rispose che non solo era un atelier per donna, ma che lo stile era per lo più elegante e raffinato e che la casa confezionava anche il prêt-à-porter. Arrivati al secondo piano, Luca aprì la porta di casa e diede la precedenza ad Angela. Poi disse:

"Volevo farti vedere il mio modesto appartamento. Come immaginavo, i miei due compagni sono all'università e noi potremo stare un po' tranquilli." Dalla porta d'ingresso si accedeva direttamene al salotto, arredato da un sofà d'epoca, con i piedi di legno intarsiati, e da due poltroncine, con dei sostegni in legno per la schiena e con stretti pioli ad un palmo dall'imbottitura. Entrambi erano posizionati davanti ad un enorme camino, con a lato la legna da ardere nei giorni più freddi dell'anno, perché non bastavano i soli radiatori a riscaldare l'ampio salone. A destra la sala da pranzo, dai mobili antichi, mostrava tutta la sua storia. Da una porta bianca incorniciata di verde, con un dipinto floreale dai colori tenui, si accedeva al reparto notte in cui vi erano due camere. Mentre, di fronte all'ingresso, un'altra porta, identica alla precedente, consentiva l'accesso alla cucina-tinello, anch'essa curata nei dettagli. Un tavolo in noce nazionale ed un mobile sempre dello stesso legno, ma più semplice di quello della sala, dividevano il tinello dalla cucina, fornita di mobili recenti, sempre in noce, con tutti gli elettrodomestici e con in alto due vetrine centrali. Il tavolo, risalente agli anni '50, era attorniato da quattro sedie di legno, con le sedute impagliate a mano. In tutti gli ambienti vi erano tendaggi adatti allo stile della casa. Angela rimase incantata nel vedere quei bei mobili ed era meravigliata che li avessero lasciati in mano a degli studenti, così chiese spiegazioni a Luca: "La vostra padrona di casa ha messo questo arredo a vostra disposizione? Si fida di voi ragazzi? Come mai non li ha portati a casa sua?" E Luca: "Non li ha portati, perché dieci anni fa le è morto il marito, che svolgeva la professione di avvocato ed aveva lo studio nell'appartamento del secondo piano, attiguo al nostro, dove i due abitavano. Negli anni '70, come tante persone che avevano case d'epoca con mobilio antico, stanchi di quello stile, lo vendettero e optarono per un arredo moderno, pratico e confortevole, realizzato dagli emergenti designer. La signora, morto il marito, non riuscì più a vivere da sola in quell'appartamento dagli ambienti troppo grandi per lei e preferì affidare la gestione del palazzo ad un'agenzia immobiliare, assicurandosi così una buona rendita per la vecchiaia. Mi hai chiesto se si fida di noi? Almeno una volta al mese viene lei o manda l'agente immobiliare a controllare l'ambiente e le suppellettili del nostro appartamento e trova spesso qualche cavillo, per il quale esige il risarcimento. Per questo stiamo attenti che tutto sia a posto. Poi Luca entrò nella sua camera tenendola per mano e, baciandola, l'accostò ad una parete, spinto dal morboso desiderio di possederla, dopo i tanti rifiuti di lei, e, quando entrambi si accesero di un amore ardente, come fiamme al fuoco, la spinse delicatamente sul letto, continuando a baciarla e ad accarezzarla in modo sempre più travolgente. La stessa Angela si stava abbandonando a quell'intimità, complice anche la penombra delle imposte socchiuse, quando lui le alzò il golfino per accarezzarle i turgidi seni e poi fece scivolare la mano verso l'ombelico, per infilarla sotto la minigonna. Ma, in un lampo, lei ricordò ciò che la mamma le raccomandava ogni volta:

"Non lasciarti sedurre, altrimenti verrai subito dopo abbandonata. Tienilo a freno, solo così lo conquisterai."

Nel tornare in sé, gli diede uno strattone e si liberò della sua presa e, mentre si sistemava gli abiti, gli disse:

"Mi avevi promesso, per strada, che mi avresti mostrato il tuo appartamento, ma non era questo l'obiettivo. Avevi studiato ogni cosa: l'assenza strategica degli amici, la penombra, tutto per raggiungere i tuoi scopi e poi sparire senza farti più vedere. E dimmi… l'altra con cui studi? È riuscita a rubarti il cuore oppure rappresenta una semplice avventura come tante?" E lui:

"Ma che dici? Lei è la mia compagna di studi, null'altro. È te che amo e desidero. Sai che alla mia età, se ti astieni dal fare l'amore con me, sono costretto ad operare scelte diverse, anche se sbagliate, ma tu questo non lo comprendi. Sei un'egoista che pensa a se stessa e che non nutre un sentimento profondo per me."

Lei ribatté con tono austero:

"Com'è possibile fidarsi di uno come te dal cuore ballerino?" Lui non ne poté più di essere inquisito e rispose:

"Giuro a me stesso di non cercare storie insignificanti come in passato e ti prometto di dedicarmi solo a te. E... non farti idee sbagliate sull'altra. Ti ripeto, è una compagna di studi."

Tornarono in strada. La città era deserta d'estate: soltanto qualche anziano si vedeva qua e là per le vie traverse e qualcuno, più giovane, vi dimorava per ragioni di lavoro, mentre la maggior parte degli abitanti era partita per le vacanze verso i lidi toscani o verso mete esotiche.

Lui non aveva ancora sbollito l'ira e d'improvviso diede un pugno al tronco di un albero:

"Ma tua madre che cosa ti ha insegnato? Che devi arrivare al matrimonio pura e casta? Ti rendi conto che i tempi sono cambiati e che non esistono più ragazze come te... che non hanno fatto ancora l'amore?"

E lei: "Mi dispiace che tu mi veda così. La verità è che... non sei affidabile ed io non mi sento di concedermi a te. Inoltre con te non sono serena al punto di affrontare la complicità di un rapporto completo, perché so a priori che non sarà stabile."

A quel punto Luca riprese il discorso con dolcezza:

"Ma che idea ti sei fatta di me? Dimmi... che cosa ti passa per la testa? Vuoi renderti conto che penso sempre a te, di giorno e di notte?"

Così, per rassicurarla, le diede un tenero e lungo bacio. Riattraversarono i due vicoli e giunsero al portone della pensione in cui dimorava Angela. Entrò anche lui nell'androne del palazzo e ad un tratto la prese con un braccio per il giro vita e la guidò dietro l'anta che socchiuse con un piede, mentre era intento a baciarla e a stringerla sempre di più. Lei, che nel frattempo si era rasserenata, rispose ai suoi caldi abbracci, dandogli piccoli baci sul collo e sulle orecchie. A lui piacquero così tanto che disse:

"I tuoi baci mi fanno impazzire. Vedrai... la prossima volta anche tu sarai più partecipe." Si accommiatò da lei, con la promessa di passare a prenderla il pomeriggio seguente, alle quattro. E così fece. Passeggiarono per un'oretta. Poi si diressero entrambi alla Casa dello studente, dove lei raggiunse Fedele, che attendeva il suo arrivo, e lui Ornella. Angela, mentre studiava, osservava Luca che ogni tanto volgeva lo sguardo verso di lei e le abbozzava un sorriso. All'ora convenuta, Luca e la sua compagna si alzarono e si diressero all'uscita posteriore, per raggiungere la coupé rosso fiammante parcheggiata nella piazza. Angela, non appena li vide sgattaiolare fuori, senza dire nulla a Fedele, corse dietro di loro e li raggiunse nel momento in cui lui stava abbassando il tettuccio dell'auto e lei stava coprendo il capo con un foulard di seta. Poi fece rimbombare l'auto e partì a razzo. Era stata chiara ed evidente la relazione intima tra i due ed a quel punto Angela giurò a se stessa che non l'avrebbe più rivisto.

Fedele, che era fortemente innamorato di lei e che si era tenuto fino a quel momento in un cantuccio, ascoltando la confessione delle sue pene d'amore ed il giuramento di non volerlo più vedere, ribatté:

"La tua è una saggia decisione, perché lui non ti merita affatto. Vuole brevi avventure con le puttanelle che gli si concedono, ma rimarrà fregato da qualcuna più scaltra di lui; aspetta e vedrai. Piuttosto, col tempo impara ad osservare chi ti sta intorno e ti circonda di vere attenzioni, che sta nell'angolo ad attendere, senza mai chiederti nulla, perché ha rispetto di te e delle tue decisioni."

Lui la trovava bella, seria, insomma all'altezza di ogni situazione.

A quelle parole, Angela ammutolì e, nonostante avesse intuito dove volesse arrivare l'amico, fece cadere il discorso. Non l'aveva mai visto nelle vesti di un suo possibile amore. Fin dal primo anno d'università, per lei era stato solo una spalla su cui versare lacrime per Luca, ma quel pomeriggio dovette constatare che anche lui soffriva per un amore irraggiungibile e che avrebbe dovuto ingoiare una cocente delusione per causa sua. A casa rifletté sul malessere del suo compagno di studi e pensò tra sé: "Guarda com'è la vita! Io inseguo Luca per amore e Fedele insegue me per la stessa ragione."

Poi si ripeté:

"Sì, Fedele è un ragazzo scherzoso e affabile, con cui trascorrere il tempo senza alcuna fatica, ma da questo ad immaginarlo mio compagno di vita... sinceramente non riesco. E poi... quell'armeria che vorrebbe trasferire nella casa coniugale. Il solo pensiero mi spaventa. No, nooo, non può essere, preferisco rimanere zitella piuttosto!"

Angela fu di parola: non rivide più Luca. Avrebbe dovuto sostenere l'esame il 24 luglio e gli ultimi giorni restò a studiare a casa con Amalia, invece di raggiungere Fedele alla Casa dello studente, per evitare a se stessa la sofferenza di vedere Ornella con il suo ex ragazzo. Inoltre, chiese alla padrona dell'appartamento di negare la sua presenza se qualcuno l'avesse cercata al telefono.

In quei giorni si buttò a capofitto nello studio e superò a pieni voti l'esame di anatomia e quello di istologia patologica. A fine luglio, sistemata l'iscrizione al secondo anno e riscosso il presalario di 500.000 lire, per aver superato due esami, ritornò al suo paese.

Ma il pensiero di Luca la tormentava ogni giorno e ripeteva a se stessa: "Possibile che con tanti ragazzi che esistono al mondo, mi vada ad innamorare proprio di quello sbagliato?" Soffriva in silenzio, senza dire niente a Laura, la quale non sapeva che a Firenze i due si erano frequentati.

***

Il 10 agosto fu uno dei giorni in cui spirava il favonio, vento caldo dell'Africa, e si avvertiva l'afa soprattutto nelle ore centrali della giornata, tanto che le persone anziane restavano chiuse in casa, protette dagli antichi muri.

Nel pomeriggio, alle cinque, Laura non ne poté più di stare dentro e, rivolta ad Angela, propose:

"Che ne pensi se andiamo a fare quattro passi? Sento il bisogno di sgranchirmi un po' le gambe."

Lei accolse subito l'invito e si preparò in fretta. Come prima tappa si diressero al corso. L'asfalto aveva catturato il calore, che sprigionava pian piano fino a raggiungere le loro gambe. Pensarono di comprare due coni gelato per rinfrescarsi e diminuire l'arsura, ma non riuscirono ad arrivare al bar, perché Angela vide Luca, tornato nel suo paese per far visita ai nonni. Lui sembrava attenderla, come sempre, all'inizio del viale e, non appena la vide, la trovò più bella del solito: il suo incarnato aveva assunto con l'abbronzatura quel colore ambrato, che faceva risaltare ancora di più i suoi grandi occhi neri. Fu catturato da tanta bellezza, al punto che rimase ancora un po' a guardarla. Poi si alzò dal muraglione, su cui erano seduti alcuni anziani, intenti a guardare con occhio critico le ragazze in minigonna, chiedendosi chi fossero i loro padri così permissivi. Anche Angela lo vide in lontananza e subito il suo cuore iniziò a palpitare, mentre un brivido le pervadeva il corpo. Prese il coraggio a due mani e disse a Laura:

"Hai visto chi sta venendo verso di noi? Accelera il passo e svolta all'angolo. Andiamo dalla tua madrina, resteremo da lei fino a tardi, perché non ho alcuna intenzione di parlare con lui."

La sorella seppe così da lei che si erano lasciati e che Angela aveva attraversato un periodo difficile, proprio in concomitanza con gli esami.

La comare Rosina, vedova e sola in casa da tanti anni, non avendo avuto prole, gradì così tanto la visita che le intrattenne a parlare del più e del meno fino all'ora di cena. Quando Laura si accorse che si era fatto tardi, si alzò seguita da Angela che scrutò l'ora al suo orologio da polso. Si accommiatarono dalla comare, con la promessa di tornare a farle visita al più presto. Si trovarono di nuovo in strada e, contente del pericolo scongiurato, si incamminarono verso casa. Angela stava osservando i negozianti del quartiere storico, mentre si apprestavano a chiudere i loro negozi, e gli artigiani che, al termine della giornata lavorativa, serravano le loro botteghe, quando si sentì chiamare:

"Angelaaa."

Era Luca, che stava sbucando dal vialetto accanto al negozio di calzature e che, con passi lunghi, aveva raggiunto entrambe, facendo in modo che si fermassero. Si rivolse con garbo prima alla sorella:

"Salve Laura, come va?" E lei: "Bene, grazie e tu?"

Le rispose cordialmente, mentre il suo sguardo era intento a capire in che stato d'animo fosse Angela che, presa da un impeto d'ira, fu la prima a parlare:

"Ti fai vivo? Secondo te, è mai possibile che ci possa essere amore tra noi?" Luca rispose amareggiato e con un filo di voce:

"Tu non immagini come io abbia vissuto in questi due mesi. Continue angosce e tormenti mi hanno attanagliato e con essi un forte senso di colpa nei tuoi riguardi. Sono qui per scusarmi per tutto il male che ti ho fatto e per congedarmi definitivamente da te e dirti quanto soffra per questo. Tu sei la donna che ho sempre amato, ma non ho voluto aspettare."

Era dimagrito ed aveva i lineamenti del viso contratti, tanto da mostrare i segni della sofferenza.

Lei, nel vederlo così triste, si sciolse come neve al sole: "Perché soffri? C'è qualcosa che non vuoi rivelare? "

Con mezze parole, egli riuscì a dire:

"Ti devo lasciare per sempre… perché per la mia stupidaggine sono costretto a sposare Ornella."

"E perché?" chiese lei.

"Aspetta un figlio, è incinta di tre mesi. Ci trasferiremo a Roma dove ci ospiterà suo zio, colonnello dell'arma, nell'attesa ch'io trovi un posto di lavoro."

Lei stette in silenzio per un po', affranta dal dolore per aver perso per sempre il suo amore, poi, quando riacquistò la forza per parlare gli disse:

"Non ti preoccupare per me… il tempo sarà il mio migliore alleato. Pensa a te ed alla tua famiglia." E d'improvviso, in uno slancio, gli diede l'ultimo bacio. Si voltò di scatto, per non far vedere le lacrime che stavano inondando il suo viso, e raggiunse Laura che, per discrezione, si era distanziata da loro e non proferì parola nel vedere la sorella sconvolta. Aveva intuito che fosse accaduto qualcosa di grave e pensò di rispettarla con il silenzio. A casa, tutti i giorni, Angela pensava a Luca ed alla sua spavalderia di prima. Lui aveva trovato in lei una ragazza affidabile, premurosa, in un periodo in cui le femministe rivendicavano i loro diritti; ma, spinto dal desiderio sessuale, aveva preferito Ornella con la sua arte di ammaliatrice, esattamente l'opposto di Angela, esempio di integrità morale.

Spesso si ripeteva:

"Quale strada avrebbe potuto intraprendere se non quella del matrimonio, di fronte alla vita di un piccolo che, se non avesse operato tale scelta, sarebbe cresciuto senza padre? Ma sono sicura che tra loro due non vi sia amore."

Immaginava che prima o poi sarebbe tornato da lei, anche se, per il momento, si era frapposto un ostacolo insormontabile tra loro.

Poi, stanca di riflettere continuamente sull'accaduto, cercò distrazione in una buona lettura, ma servì a poco. Durante la notte dormiva male: era soggetta a risvegli improvvisi e le tornava in mente la condivisione con Luca del periodo universitario, di quel periodo goliardico in cui, spensierati, andavano al cinema, dopo una giornata di intenso studio. Ricordava le uscite di sera, per gustare insieme la pizza nelle pizzerie coi forni a legna, e gli scherzi e le burle tra amici.

Al mattino era talmente stanca da far fatica ad alzarsi. I sogni, che rappresentavano la speranza in un futuro insieme, erano svaniti, infranti, come un bicchiere che si frantuma in mille cristalli cadendo a terra. Si rimproverò tante cose, ma in nessuna trovava colpe, se non quella di averlo amato e di amarlo ancora, regalandogli sempre attenzioni e premure nei momenti in cui stavano insieme. Si erano promessi eterno amore, nell'intima consapevolezza che mai nessuno avrebbe potuto spezzare quel legame.

Dopo una quindicina di giorni, non si diede per vinta e riprese a studiare assiduamente, anzi lo studio fu l'antidoto ai patimenti amorosi.

***

Gli ultimi giorni d'estate stavano per cedere il passo all'autunno. A fine agosto si avvertiva aria settembrina e, dai portoni del paese vecchio, si iniziava a sentire l'odore buono del mosto. Pensò che fosse giunto il momento di tornare a Firenze, per registrare sulla sua agenda il giorno in cui avrebbe sostenuto il terzo esame e per riprendere a frequentare le lezioni, in vista di altri due esami da preparare. Tra i vari impegni, pian piano riuscì a lenire la sofferenza per Luca e non seppe più nulla di lui.

Un giorno, incontrò l'amico Fedele che era ridotto piuttosto male: aveva la gamba sinistra ingessata ed usava le stampelle. Si abbracciarono ed Angela gli chiese che cosa gli fosse accaduto. Lui le spiegò che, praticando l'hobby del paracadutismo, in uno dei voli ad altitudine non elevata, si era buttato dal velivolo, ma il paracadute non si era aperto. Per fortuna era stato frenato, nella corsa all'atterraggio, da un ramo d'albero, per poi schiantarsi al suolo. Aveva riportato fratture ad una gamba ed alle costole, oltre a contusioni in tutto il corpo, e le mostrò un trafiletto di giornale, in cui si parlava del suo incidente. Nonostante ciò, aveva conservato il buon umore e la voglia di prendersi gioco della vita. Poi l'aggiornò sul matrimonio civile tra Ornella e Luca, al quale avevano partecipato pochissimi invitati e aggiunse: "È diventato marito ormai e tra non molto sarà padre."

Così si sentì finalmente libero di farle le avances:

"Credo di averti amata dalla prima volta che ti ho vista. Mi potresti chiedere perché soltanto adesso riesco a dirti ciò che provo per te. In fondo lo sai... è perché tu e Luca non state più insieme; lui si è ammogliato e tra un po' di mesi diventerà padre. Tu, invece, meriti quella felicità che lui non è riuscito a darti ed io... per te... sarei disposto a tutto."

E, come smise di parlare, le si avvicinò, mentre a lei si erano riaperte le ferite lasciate da Luca nel suo cuore e non ancora rimarginate. Fedele tentò di baciarla sfiorandole appena le labbra quando lei, rendendosi conto di ciò che stava accadendo, si voltò verso di lui e con tono acceso gli disse:

"Che cosa ti sta turbinando nella mente? Non ti sei ancora accorto che ti considero uno dei miei migliori amici e che non riesco a vederti diversamente e ad immaginare una vita con te? Se vuoi che ti frequenti da amico abbandona per sempre la tua idea. Me lo prometti?"

E così ripresero a frequentarsi da buoni amici, continuando a confidarsi, a ridere e a scherzare come sempre. Dopo due mesi, Fedele le diede notizie apprese da Luca: Ornella aveva interrotto la gravidanza dopo cinque mesi, per un aborto improvviso. Angela pensò che Luca aveva comunque fatto le sue scelte e lei le avrebbe rispettate, per cui decise di non contattarlo.

***

Nella primavera del '71 vi furono le elezioni per il rinnovo degli organi di governo. La famiglia di Angela era di tendenze democristiane, non a caso il suo papà era stato segretario della DC nella sezione locale. Alcuni affiliati dell'opposizione, per ottenere sempre più consensi, andavano diffondendo gli ideali del Partito Comunista, raggiungendo i paesi con una 600 Fiat, completamente tappezzata di manifesti, raffiguranti una bandiera a tre stelle con al centro la falce e il martello. Dal mangiadischi dell'auto veniva diffuso, nei vari quartieri, il motivo: "Avanti popolo alla riscossa bandiera rossa trionferà…" Era proprio quella musica che incitava gli operai alla riscossa. La stessa Angela, se avesse avuto la maggiore età, ventun anni, per l'espressione di voto, li avrebbe sostenuti. Vinse la Democrazia Cristiana, ma il partito degli operai guadagnò il 42% di adesioni.

***

Gli anni universitari trascorsero in fretta e, tra frequenza in laboratorio e preparazione della tesi, arrivò velocemente per Angela, nell'ultimo anno, il giorno tanto atteso dell'esame finale.

La notte precedente, la futura dottoressa non dormì per la tensione. Al mattino si preparò con cura: indossò una gonna verde, una maglietta a fasce dalle tonalità beige, verde e nocciola e un soprabito di renna chiaro.

Quando arrivò nell'aula magna, vide sei docenti al tavolo a ferro di cavallo e la laureanda di turno seduta al centro. Lei non aveva parenti presenti all'evento e in quel momento pensò a Luca: quanto avrebbe voluto che le cose fossero andate diversamente e che fosse stato lì presente a darle coraggio!

Ad un tratto si sentì chiamare: "Mogli Angela."

Venne repentinamente catapultata dal bidello nella realtà, con l'annuncio del suo nome quale ultimo candidato; così quel vago sogno di avere Luca vicino svanì in un istante.

Alla prima domanda, avvertì una fiammata di calore in viso e, subito dopo, brividi di freddo che la pervasero tutta. Si fece coraggio ed iniziò a parlare, trattenendo l'emozione.

Riuscì a discutere la tesi con una certa padronanza di argomentazioni e di asserzioni scientifiche. Si soleva dire che i primi e gli ultimi a discutere la tesi fossero penalizzati, ma lei era stata previdente ed aveva studiato l'argomento nei minimi dettagli, quindi non aveva avuto problemi. Fu anche fortunata, perché, trattandosi di una tesi sperimentale, era riuscita a catturare l'attenzione dei docenti, tra i quali soltanto due intervennero con domande molto pertinenti, alle quali seppe ribattere con contezza di argomentazioni. Dopo un'ora, la invitarono ad alzarsi e, contemporaneamente, il bidello comunicò ai presenti di abbandonare l'aula. Dopo dieci minuti buoni, l'usciere aprì la porta e fece segno a tutti di riprendere posto. Ad un certo punto, il relatore della sua tesi la invitò ad alzarsi e la proclamò dottoressa con queste parole:

"In nome dello Stato italiano, Noi rettore dell'Università di Firenze, facoltà di Medicina, la dichiariamo dottoressa in Medicina con voti 105 su 110."

Angela, prima di congedarsi, salutò con una stretta di mano il Rettore, i membri della seduta e infine il suo relatore, professor Lizzi, ricevendo ancora una volta parole di elogio, per aver trattato un argomento pediatrico piuttosto delicato. Poi fu la volta degli amici più cari: Donata e Costantino, Tonino, Ginetta e Mario, Amalia, Bruna, Pina e Raffaele, già laureati e tornati nella sede universitaria per lei, che l'abbracciarono calorosamente, e poi dei compagni universitari. Lei, inebriata dall'evento, li invitò al bar a festeggiare e non si tirò indietro quando, pur essendo quasi astemia, le riempirono la coppa di spumante.

A casa altri festeggiamenti l'attesero con le care amiche d'appartamento: Bruna, Elisa e Amalia e con i padroni di casa. Il giorno seguente non aveva smaltito ancora la sbronza e disse a Teresa:

"È possibile ch'io abbia discusso la tesi o è un sogno? Ho

mal di testa per gli effluvi dell'alcool, non credo davvero che tutto sia finito…"

E Teresa: "Eh sì, cara! Adesso inizia il bello… dovrai rimboccarti le maniche se vorrai ambire alla professione tanto agognata!"

"Hai ragione, mia comandante, e vedrai che non demorderò; adesso però voglio godermi il meritato riposo, prima di accedere al corso di specializzazione" rispose Angela.

A quei tempi bisognava frequentare un corso, per sostenere l'esame di ammissione alla specialità. Angela lo affrontò con il solito impegno e, quando giunse il giorno dell'esame, al suo termine, si sentì serena, perché aveva risposto a quasi tutte le domande, per cui si poteva ritenere soddisfatta.

Dopo un mese, uscì l'elenco degli ammessi alla selezione.

Era il 1° marzo quando Angela fece il suo primo ingresso in ospedale, dove le diedero scarpe bianche e camice bianco da indossare, con penna nel taschino, e un'agenda di pelle, per prendere appunti. Si trovò con altri due allievi a seguire nel reparto l'equipe del professor Farese, che spiegava loro nozioni importanti nel visitare i piccoli con varie malattie. Angela era sempre puntuale alle sue lezioni. Il suo impegno era assiduo e responsabile ma, nonostante ciò, si ripeteva continuamente: "Ce la farò a superare quest'ultima prova?"

Mancavano pochi mesi alla fine del tirocinio, quando un giorno, finita la turnazione, mentre stava riponendo il camice nell'armadietto dell'ambulatorio medico, sentì dietro di sé:

"Buongiorno dottoressa Mogli."

"Buongiorno professor Farese." disse voltandosi di colpo.

"Allora… che ne pensa del tirocinio? Eh… si sente preparata per l'esame finale?" continuò.

"Per essere preparata lo sono. Credo di sapermela cavare, dopo tutto quello che lei ci ha insegnato. A dire il vero, la mia apprensione non consiste tanto nel superamento del prossimo esame quanto dell'altro, quello che mi consentirà l'accesso a un posto all'interno dell'unità ospedaliera."

A quel punto il professore aggiunse: "Si dia da fare, si impegni tanto e così potrà godere dei frutti del suo sacrificio."

Si salutarono, ma per strada lei ripensò a quella risposta vaga che, in qualche modo, lì per lì la scoraggiò, ma poi, nel corso della settimana, vedendo anche la tenacia degli altri colleghi, riprese il coraggio a due mani. Erano in tutto tre specializzandi. Dei due, quello con cui uscì qualche volta si chiamava Marco Presti: ragazzo alto, bruno, labbra carnose, naso dritto e ben proporzionato al viso tondo dall'incarnato chiaro, in cui risaltavano due occhi azzurri come pezzetti di cielo. Marco esibiva, al suo passaggio, un corpo statuario, che non passava inosservato agli occhi della ragazze. Il padre esercitava la professione di pediatra. Presti, secondo Angela, era sicuramente lo specializzando che avrebbe superato tutte le prove, persino l'ultima, che gli avrebbe consentito di diventare assistente del professor Farese. Quindi, se da un lato la faceva sognare, per le maniere galanti da perfetto gentleman, dall'altro lo vedeva come usurpatore del suo posto. Ignorava però che suo padre, il dottor Presti, esercitasse la professione di pediatra nel suo studio privato.

Un sabato, il tirocinio era terminato alle dodici e, mentre stavano uscendo dalla struttura ospedaliera, Marco la invitò per una passeggiata nella piazza centrale della città. Angela osservava i palazzi cinquecenteschi, in mattoni a vista, appartenuti alle famiglie gentilizie del tempo, quando Marco si fermò davanti ad un palazzo risalente al periodo rinascimentale, dalle inferriate di ferro battuto ai balconi, accuratamente lavorate a mano. Si accostò a lei:

"Stai leggendo i cognomi al citofono?"

Angela annuì con un cenno del capo. E dopo aver scorso col dito tutti i nominativi, lesse in basso uno ricorrente due volte: Presti e poi ancora Presti. Sbalordita disse:

"Abiti qui?" Marco rispose con un sì, quasi noncurante. Allora lei continuò: "Con i tuoi?"

"Sì, al primo piano vi è l'abitazione, al secondo lo studio di mio padre." rispose.

"Ti specializzi per entrare in ospedale o per esercitare con tuo padre? Perché non mi hai mai detto che abitavi in centro e che tuo padre aveva un suo studio?"

Provò una sorta di imbarazzo nel risponderle, ma poi le disse:

"Non ci frequentiamo da molto, per cui pensavo di annoiarti parlandoti della mia famiglia."

"Forse pensi che io non sia della tua stessa classe sociale, è per questo che tenevi tutto celato?" aggiunse irritata.

E lui: "Ma no, ti sbagli! È che volevo trovare il momento adatto. Se non avessi voluto dirti nulla, non ti avrei condotta qui oggi."

E continuò:

"Tu mi piaci tanto; voglio frequentarti perché ti trovo non solo bella, ma anche pronta a metterti in discussione. Insomma… è bello stare con te, perché sei una persona speciale."

A quelle parole, lei rimase di stucco e capì che forse l'amore stava sbocciando in entrambi.

Così, presero a frequentarsi con assiduità, anche perché lei si fidava di lui, lo riteneva una persona seria ed integra nei comportamenti.

Certe volte, durante la pausa pranzo, facevano pasti frugali alla trattoria di Nonna Ilde, nel vicolo di fronte all'ospedale. La cuoca era esperta in arte culinaria locale, soprattutto nella cottura della bistecca alla fiorentina, che Marco preferiva al sangue e Angela ben cotta, anche se nonna Ilde ogni volta le diceva:

"Non sa signorina che cosa si perde... La bistecca va mangiata al sangue, per poterne sentire il gusto!" E così, quasi ogni giorno, alle 13.30, durante la pausa pranzo, i due colleghi uscivano insieme e rientravano alle 14.30, per l'inizio delle lezioni pomeridiane.

Luca, ormai, rappresentava per Angela un ricordo lontano, sfumatosi nel tempo, anche se, qualche volta, le capitava di ripensare ai bei momenti trascorsi con lui, che poi racchiudeva tra i ricordi della sua mente, quando, assieme alle gioie, riaffiorava la sofferenza per essere stata lasciata. Infatti sentiva ancora l'amaro in bocca, ripensando a quell'esperienza negativa; tuttavia nel suo cuore era rimasto un cantuccio per Luca, il suo primo amore.

La vita era inclemente, non lasciava posto a sentimentalismi inutili. Ma poi, per fortuna, si era messa con Marco, colui che l'aveva restituita alla passione ed alla condivisione di un sentimento profondo: l'amore. Non solo l'amore tra loro due, ma anche quello per i bimbi, di cui si occupavano in ospedale e che erano dentro la loro anima. Ella provava da sempre il fascino per ciò in cui credeva e che la faceva star bene. E poi Marco l'attraeva non soltanto per il suo aspetto fisico, ma psicologicamente per la vastità della sua cultura, tanto che a volte le sembrava un libro stampato. Inoltre, lo riteneva buono ed affidabile, incapace di farla soffrire, quindi le si prospettava un futuro roseo sia nell'affetto sia nel lavoro. Il nuovo amore era sbocciato tra i lettini dei piccoli pazienti e ciò aveva reso entrambi complici di ogni scelta. Lei lo amava ogni giorno di più. E come se lo amava, dopo la precedente delusione!

Lei lo adorava quando lo vedeva girare nel reparto, quando le proponeva un viaggio, quando la guardava coi suoi occhi passionali, di un azzurro scintillante. L'adorava quando passeggiavano sui prati della villa, nella campagna di lui, o si arrampicavano verso l'altura che dominava la città. E si ricordò di una volta che erano lassù, quando lei, d'improvviso, era fuggita e lui l'aveva rincorsa, presa, e si erano rotolati sull'erba verde, incuranti dell'umidità della rugiada, ridendo, scherzando e facendo l'amore, sotto l'azzurro cielo di fine giugno.

Appena liberi da impegni, i due si recavano spesso a casa di Angela. Una volta, approfittando dell'assenza di Amalia, Marco rimase con lei fino al suo rientro. Un'altra volta a lei si presentò l'occasione di incontrarlo con la madre: una bella donna, alta, con gli occhi azzurri come quelli del figlio e i capelli di un biondo sfumato dalle mèche. Si fermarono e lui le presentò Angela:

"Sai mamma? È lei la ragazza di cui ti parlo spesso." E la mamma:

"Sono lieta di conoscerti Angela. Mio figlio mi parla spesso di te e… mi fa piacere che vi frequentiate." La mamma rimase colpita dai modi cortesi della ragazza e la invitò a cena per il venerdì seguente. Se da un lato Angela si sentiva turbata per averla conosciuta, dall'altro era contenta d'aver condiviso con lei la loro frequentazione e comprese, osservandola, perché Marco avesse quei modi garbati. La signora

Flora capì che sarebbe stato meglio congedarsi da loro per lasciarli liberi, così li salutò. Lui avvolse Angela in un abbraccio, dicendole: "Se conoscessi bene mia madre, ti piacerebbe, perché nutre il massimo rispetto per te e poi... non ama intromettersi nelle mie scelte."

Il pomeriggio del venerdì stabilito per la cena, Marco pensò di fare una sorpresa ad Angela, arrivando in netto anticipo a casa sua, ma al citofono rispose Amalia che, tornata il giorno precedente dal suo paese, lo invitò, in modo scortese, a salire in appartamento. Come sempre, Amalia manifestava la sua caratteristica di ragazza scontrosa, ma lui non vi badò e, salutandola con cordialità, le chiese:

"Angela si sta preparando?"

Seccata, Amalia rispose:

"Sì, si sta preparando per uscire con te."

A quel punto Marco pensò che, probabilmente, non avendo un ragazzo con cui uscire, lei fosse animata da invidia.

Finalmente Angela uscì dalla sua camera e lo salutò con un bacio:

"Ciao amore, sono pronta! Vogliamo andare? Ciao Amalia, non mi attendere, perché farò tardi."

Giunti in strada, decisero di fare due passi per poi fermarsi nella bottega del fiorista. Marco consigliò ad Angela l'acquisto di un mazzo di piccole rose color salmone, a cui aggiungere un po' di rami di nebbiolina, per dare luminosità, e tutt'intorno foglie verdi. Arrivati a casa di Marco, si annunciarono al citofono. Salirono due rampe di scale e trovarono ad accoglierli la cameriera dal camice celeste nuvola, con sopra il grembiule a righine celesti e bianche.

Dalla porta di noce si accedeva ad un ampio ingresso, arredato con un armadio spogliatoio a due ante, in barocco veneziano, dalle tonalità chiare, un pettinatoio dai piedi tondeggianti, laccato in beige e sfumato di verde chiaro. Al centro ed alle estremità del mobile vi erano decori in oro su una base di marmo rosa, che reggeva uno specchio con una cornice di oro zecchino intarsiata. Inoltre, vi erano due poltroncine color beige in sintonia col resto dell'arredo. L'ingresso conduceva ad un salone nel quale c'era il salotto color champagne con due divani, a tre e a due posti, in stile barocco, come i mobili dell'ingresso. Al centro, un tavolino di noce, con sfumature più chiare, dai minuscoli intarsi floreali, creava contrasto con il resto. Ma, anche se spiccava rispetto al tono generale, denotava una certa sobrietà di accostamento di stili. Sui divani scendevano due piccole cascate di gocce di Murano, che nascondevano due luci a forma di candela. A lato, c'era un mobile bar abbinato al salotto e ben fornito per il drink. Due gradini fungevano da disimpegno con la sala da pranzo, al centro della quale un grosso tavolo ovale di noce a intarsio, stile art-déco, faceva intravvedere una base lunga quanto il tavolo, in stile barocco veneziano, con ante a riquadri di un chiaro color pistacchio ed al centro un ramo delicato di fiori di pesco. Nella parte opposta, una cristalliera dai piedi tondeggianti, nello stile dell'arredo dell'ingresso, con alzatina dal grosso fiore aperto al centro, esibiva lucidi bicchieri di cristallo, nei due ripiani superiori, mentre in quelli inferiori erano esposte bellissime porcellane bianche, con fiorellini in tinta a rilievo sulle ondeggiature dei bordi. Sul tavolo un grosso lampadario di cristallo, a richiamo dei due del salotto, diffondeva una bianca ed accogliente luce. Dall'ambiente pranzo si accedeva, per la porta di sinistra, alla sala da biliardo, nella quale vi era un salottino dall'imbottitura porpora, con la base in radica di noce chiaro, lucido come il tavolo; alla parete attigua al biliardo, stecche e palle erano accuratamente stipate nell'apposito armadietto. Per la porta di destra si accedeva, invece, alla cucina, realizzata in muratura, con piastrelle color panna con tre piccoli fiori celesti all'angolo di ciascuna, e con i pensili in noce.

In casa non c'erano tanti quadri, ma quei pochi erano disposti con gusto: in salotto erano appesi due grandi paesaggi primaverili, un altro quadro rettangolare era sistemato sul mobile basso della sala.

Quando la cameriera fece segno di accomodarsi, Angela continuò a guardarsi intorno, ricevendo l'impressione di una casa studiata nei minimi dettagli. Venne catturata all'improvviso dal chiarore della luce del lampadario della sala e rimase incantata nel vedere minuscoli arcobaleni filtrare dalle gocce di cristallo e, mentre li stava contemplando, fecero ingresso in salotto i genitori di Marco: la mamma Flora e il papà Carlo. La mamma la salutò con espansività, mentre il papà allungò semplicemente la mano, per presentarsi e dirle:

"Benvenuta in questa casa, Angela." E lei:

"Grazie, lieta di conoscerla."

Poi, il dottor Presti le diede la precedenza e l'accompagnò a tavola, dove la cameriera aveva appena posato le porcellane d'epoca, profilate di oro zecchino, e le posate d'argento. Subito dopo spostò la sedia dell'ospite, per farla accomodare, e così fece per la moglie.

Angela proveniva da una famiglia più modesta, anche se anticamente, da parte materna, vi erano stati avvocati e farmacisti. Il nonno materno apparteneva ad un famiglia nobile ed abitava ancora in un palazzo antico, riportato anche in un mappale del Settecento, tra le prime case del centro storico. Purtroppo, un'intera ala della casa era stata abbandonata, perché necessitava di una ristrutturazione capillare, che la famiglia non avrebbe potuto sobbarcarsi, in quanto, nel corso degli anni, aveva subito un tracollo finanziario. La causa del tracollo era stato il bisnonno, che aveva dissipato buona parte dei beni. Alla sua morte, suo figlio Giuseppe, nonno di Angela, che teneva tanto al decoro familiare, non solo avrebbe conservato il restante patrimonio, ma avrebbe riacquisito anche parte dei terreni perduti, ridando onore al nome della casata, se non fosse morto dopo pochi anni dal matrimonio. Per parte paterna, la famiglia apparteneva ad una classe medio-borghese. Così la nonna Angela fece studiare due dei sei figli, uno dei quali, di nome Giuseppe, nato nel 1899, fu arruolato tra i soldatini di 18 anni, nella grande guerra del '15-'18. Sfortunatamente, fu ferito nell'altipiano carsico e morì in un ospedale da campo, nel settembre del 1918, a soli due mesi dalla fine della guerra. Uno dei comandanti fece in modo di far recapitare l'elmo alla mamma, che lo conservava, a mo' di reliquia, in un'anta della credenza a muro del salotto. L'altro figlio, invece, conseguì il diploma di perito industriale a Larino, dove trovò impiego all'Ufficio del Registro. Ma poi, divenuti grandicelli i suoi figli, si trasferì con la famiglia a Brindisi, per consentire loro di frequentare, in seguito, l'università a Bari. Non ebbe, però, la fortuna di vedere i figli laureati, perché morì a soli 54 anni, in un incidente stradale, mentre faceva ritorno a casa.

Arrivò la cameriera con il consommé e servì prima Angela. Poi, tra un discorso e l'altro, venne portata a tavola una tacchinella disossata e farcita, con contorno di insalata. Infine, la torta a due strati: uno di crema e l'altro di cioccolato, bagnata con l'alchermes e preparata per l'occasione dalla padrona di casa.

Quando Angela diede un'occhiata all'orologio da polso, si

rese conto che le ore assieme ai familiari di Marco erano trascorse in fretta, così si congedò da loro, ringraziandoli della gentile accoglienza.

In auto, Marco le chiese quale fosse la sua opinione circa i suoi genitori e lei gli disse che le sembravano brave persone e piuttosto ospitali. Come la frequentazione in casa Presti si fece più assidua, riuscì a superare i timori nei loro confronti, rilassandosi e divertendosi in momenti di ilarità.

Era il maggio del 1978 quando si concluse il tirocinio. Il 13 giugno Angela e Marco avrebbero dovuto sostenere l'esame per l'accesso al posto di lavoro in ospedale.

Giunse il giorno tanto atteso, ma Marco non avvertì particolare ansia, perché, curando già i piccoli pazienti nello studio del padre, che gli faceva da guida e lo aiutava nelle diagnosi, si sentiva sicuro e pronto per la professione. Angela era invece più tesa, ma seppe affrontare l'esame con competenza e serietà. La prova consistette nella relazione sullo svolgimento dell'attività medica. Ella riportò in essa anche qualche caso particolare, nel quale era intervenuta con appropriate terapie e strumenti. A conclusione dell'esame, si ritenne soddisfatta, anche perché era riuscita a discutere di un metodo innovativo, di cui aveva sentito parlare il professor Lanfredi, noto pediatra di livello internazionale, in una conferenza.

Diceva a se stessa: "Mi ritengo soddisfatta di come ho presentato il mio lavoro e, anche se non dovessi essere ammessa, non avrò comunque fatto brutta figura con i membri della commissione."

Non si sapeva ancora dell'esito del concorso, quando le si offrì la possibilità di un posto come assistente nel volontariato, che accettò con prontezza. Quel giorno si consentì una breve pausa, perché si rese conto della fatica che faceva nello svolgere il suo compito. La sera non accettò l'invito di Marco, dovendosi trattenere nell'ospedale per bambini oltre l'ora stabilita, per prestare assistenza a pazienti che avevano sintomi di febbre e dissenteria, per cui tornò a casa distrutta.

Amalia, nel vedere che l'amica tardava a tornare, si concesse la licenza di portare a casa Luigi, suo nuovo spasimante. Intanto, in mattinata, aveva firmato per il ritiro di una raccomandata intestata ad Angela Mogli. Quando Angela tornò, non vide Luigi perché era in camera di Amalia; infatti, da quando Teresa aveva cambiato casa, ognuna di loro aveva la propria stanza. Trovò la raccomandata, ma la lasciò sulla scrivania e si buttò sul letto esausta.

Al mattino, nonostante si sentisse ancora un po' frastornata, si ricordò della raccomandata indirizzata alla dott.ssa Angela Mogli e corse subito a prenderla.

Aprì pian piano la busta, in modo che non si lacerasse, e lesse:

Si comunica alla S.V. il superamento della prova scritta relativa al concorso per titoli ed esami per un posto di pediatra, presso il reparto di pediatria Ospedale del Bambin Gesù di Firenze. La prova orale si terrà il giorno 23.11.1980 nell'aula magna dello stesso reparto.

F.to
Il Direttore Sanitario
Dr. Giovanni Seri

Era stata ammessa al colloquio e, per la gioia, corse in cucina per comunicarlo ad Amalia, la quale, per varie traversie, non aveva ancora discusso la tesi. Ma in cucina la sua amica non c'era e la porta della sua stanza era chiusa a chiave. Allora iniziò a ridere ed a parlare tra sé:

"Evviva!… Evviva!…, non credo ai miei occhi: finalmente ce l'ho fatta!"

Corse al telefono, per comunicare a Marco la bella notizia, ma non lo trovò; provò allo studio, però anche lì non rispondeva nessuno. Allora non si diede per vinta e telefonò a Teresa, la sua cara amica, per festeggiare insieme l'avvenimento. Si trovarono nel bar in Via Manzoni, sotto casa di lei, e le offrì una colazione a base di maritozzo alla panna e frappè di frutta, la specialità di quel bar. Teresa si complimentò con l'amica e le due si promisero di uscire spesso insieme, per lo shopping o per andare al cinema.

La notte prima dell'esame orale, per Angela fu un continuo dormiveglia: si girava e rigirava nel letto, senza trovare un attimo di pace. Alla fine, decise di alzarsi e vide dal vetro della finestra l'aurora, che stava dipingendo l'orizzonte di un rosa carico, ed i palazzi che avevano assunto la figura di fantasmi vestiti di blu.

Ciò era preludio di una bella giornata autunnale e le diede una certa carica. Subito corse a rivedere alcuni appunti del suo amato professore. Poi, ripeté gli argomenti e alcune definizioni mnemoniche. Si rese conto che non le ricordava tutte. Allora, prese il dizionario alla ricerca di sinonimi più semplici, che appuntò sulla prima pagina della dispensa, per ripeterli continuamente, fino a quando fosse stata esaminata.

Alla prova orale, del 23 novembre, erano stati ammessi anche nove candidati di altre regioni. Il suo turno arrivò dopo la seconda candidata. Nonostante l'emozione, riuscì a mantenere un certo self-control. Le vennero poste prima alcune domande di ordine generale e poi altre specifiche, relative ad un caso clinico da lei seguito e ben risolto. Seppe elaborare un discorso chiaro e preciso su tutti gli argomenti affrontati, in particolare sull'esperienza vissuta in ospedale e sul caso clinico del piccolo a lei affidato. Alla fine della seduta il primario si alzò per primo, seguito dagli altri medici, e disse a voce alta:

"Collega, benvenuta nel nostro reparto!"

Lei, emozionata, pronunciò un grazie carico di promesse e, dopo qualche attimo, trovò la forza di parlare:

"Grazie, grazie a tutti; non posso crederci! Mi sembra di vivere un sogno e... se diventa realtà lo devo a voi tutti e a lei in particolare professor Mari."

E il professore con voce solenne:

"Ah signorina... dimenticavo di dirle che lunedì 10 dicembre inizierà l'attività in reparto. Si informi in infermeria sulle turnazioni."

Marco, che era lì in attesa da ore, si alzò e le andò incontro, si voltò per salutare la commissione, poi la prese a braccetto ed entrambi, silenziosi, si avviarono all'uscita. Varcata la soglia, le disse:

"Sei stata un fenomeno. Ma brava la signora Presti!" A quelle parole lei gli domandò:

"Vuoi dire che... vuoi dire che mi vuoi sposare?"

"Sì, cara, aspettavo da tempo questo momento, per chiedere la tua mano. Sei felice?" rispose lui.

"Felice? Super felice, amore. E aggiungo che sono orgogliosa di diventare la signora Presti."

Lui si guardò intorno e, d'improvviso, l'attirò a sé in un angolo del corridoio e la baciò con tutta l'anima. Lei gli rispose con calore e non staccò le sue labbra, neanche per un secondo, da quelle di lui e continuarono a baciarsi, incuranti dei passanti che li stavano osservando.

Poi, tenendosi stretti l'uno all'altra, si avviarono per le scale del presidio. Rivolta a Marco Angela disse:

"Ti va di andare a pranzo alla solita trattoria?"

"Certo, molto bene!" approvò Marco.

Era la trattoria del centro storico, che li aveva visti fin dalle prime frequentazioni. Alle dodici furono i primi ad arrivare e, come la prima volta, ordinarono la bistecca, lui al sangue e lei ben cotta, con verdure passate in padella, poi frutta e semifreddo.

Uscirono dal ristorante e si diressero in auto a piazza Michelangelo, il belvedere della città. All'ora di punta, il sole aveva creato un perfetto connubio con il cielo azzurro e ciò rendeva invitante stare all'aria aperta a godersi, abbracciati, il panorama, con il sole alle spalle. Passeggiarono per una buona mezz'ora tenendosi per mano, poi si ritrovarono sull'erba. Ad un certo punto, lei si staccò da lui e prese a correre sul prato lievemente in declino. Lui inizialmente rimase ad osservarla, poi, d'un tratto, si mise ad inseguirla, ma, quando stava per raggiungerla, lei, esile, corse più veloce a zig zag e lui, più in carne, non ce la faceva a starle dietro.

"Vediamo se mi prendi!" lo richiamava lei, mentre lui ansimava.

Ad un certo momento, forse punto nell'orgoglio, Marco corse più velocemente e la prese. Col fiato in gola riuscì appena a dire:

"Visto che ti ho presa?" Ma, vinto dalla stanchezza, si sdraiò sull'erba, sotto un grosso olmo, e tese la mano verso di lei. Dopo qualche attimo, sfilò dalla tasca del cappotto una scatolina blu e gliela consegnò:

"Questo è un piccolo segno del profondo amore che nutro

per te."

Presa dalla curiosità, Angela girò il cofanetto tra le mani, l'aprì e commentò:

"Non dovevi… in fondo si tratta solo di un'abilitazione alla professione! Mi hai già regalato l'anello con le costellazioni di brillanti, perché spendi tanti soldi per me?"

"Perché ti amo cara. Senza di te non saprei vivere" rispose lui.

"Anch'io ti amo e credo che amarsi sia più importante di tutti i doni." aggiunse lei.

Dopo dieci minuti di riposo, il loro respiro tornò ad essere regolare. Si guardarono intorno, constatando che erano gli unici ospiti di una campagna nuda e deserta. Lui si levò il cappotto, lo distese a terra ed iniziarono a baciarsi ardentemente e a fare l'amore. Infine, rimasero uno accanto all'altra ad accarezzarsi dolcemente e a godere il tepore del sole, sotto un cielo terso come rare volte nell'autunno inoltrato.

L'affermazione nell'attività professionale e nella vita privata

Arrivò il 10 dicembre, giorno tanto atteso. La sera prima, Angela si era ripromessa di alzarsi di buon'ora, per arrivare con un certo anticipo in ospedale. Fu presa, invece, da un sonno profondo e spense, come un automa, la suoneria della sveglia che segnava le cinque. Quando, dopo mezz'ora, si accorse dell'ora tarda, si strofinò ripetutamente gli occhi, come a volerci vedere meglio. Si alzò, si preparò in fretta, scese in strada, prese la sua auto e, dato che a quell'ora c'era poco traffico, guidò velocemente, riuscendo ad arrivare in ospedale in orario per la prima turnazione.

Il primo giorno iniziò con una buona carica interiore e col proposito di mettere in atto tutto ciò che aveva appreso negli anni. Al suo primo ingresso in reparto, ricevette gli auguri di buon inizio dal personale paramedico. Indossò il camice nuovo, di un bianco brillante come i bottoni di madreperla e, non avendo ancora direttive, si affacciò nelle camere dei piccoli, per controllare che tutto fosse a posto. Poi si ritirò nello studio medico ed attese con ansia l'arrivo del primario. Alle 7.45, questi fece il suo ingresso ed Angela fu la prima a rivolgergli il saluto, mentre lui le rispose con una pacca sulla spalla in segno di incoraggiamento:

"Bene, bene! Allora, iniziamo oggi?"

"Certo professor Mari e spero tanto di saper mettere in atto i suoi insegnamenti."

Alle nove iniziò il giro di visita dell'equipe ai bimbi. Il posto a fianco del primario spettava di norma al suo aiuto e poi vi era il seguito degli altri medici. Tuttavia, quel giorno e per un mese intero, il professor Mari volle che ci fosse lei al suo fianco. Le fece visitare i piccoli, spiegandole i disturbi di ognuno, e volle che fosse lei a formulare le diagnosi. Terminata la visita le disse:

"Vuole il mio verdetto? Ebbene, non pensavo che fosse così brava nella diagnostica! Ma dovrà apprendere anche come trovare i rimedi per la guarigione. Mi vedrà al suo fianco per insegnarle quest'arte e... non se la prenda a male se qualche volta sarò pedante nel ripeterle le stesse teorie."

"Non si preoccupi professore, vedrà, farò del mio meglio per apprendere e perfezionarmi."

Più tardi, Angela incontrò in corridoio alcuni giovani medici, con i quali aveva stretto amicizia in reparto durante il tirocinio. Tra questi c'era Lia, con cui aveva condiviso tanti momenti. Appena si videro, si abbracciarono e Lia si complimentò con lei:

"Sei stata la più brava di noi. Non credere di liberarti di me, perché ti sarò vicina come volontaria."

Angela si commosse, tanto da dover fare uno sforzo per rimandare indietro le lacrime, e le disse:

"Benissimo, dottoressa! È esattamente ciò che voglio."

E così si concluse il primo di tanti altri giorni della sua carriera.

Nel tardo pomeriggio, Marco passò da lei. Al suono del citofono rispose Amalia che, quando lo sentì domandare di Angela, ebbe uno scatto d'ira:

"Ma è mai possibile che non possa stare in santa pace? È tornata stanca dal lavoro. E allora... lasciala tranquilla per un po'!"

Nel sentire quelle parole, Marco si attaccò ancor di più al

citofono, ma Amalia, approfittando del rumore dell'acqua che sgorgava nella vasca da bagno, lo lasciò suonare e non gli aprì.

Dopo qualche tempo, fresca come una rosa, Angela uscì dal bagno in accappatoio e asciugamano in testa, a mo' di turbante, e si diresse in camera a prepararsi. Tra i tanti capi da indossare, scelse un abitino azzurro di lana molto attillato. Si asciugò con cura i lunghi capelli, si truccò gli occhi con la matita nera, che ne faceva risaltare ancor di più la luminosità, e fu pronta per uscire con Marco. Amalia non le disse che il fidanzato si era già fatto vivo e del battibecco tra loro due. Angela iniziò a camminare avanti e indietro per l'ampio tinello e controllò per l'ennesima volta le lancette dell'orologio a parete. Erano le sette e mezza. Compose il numero di telefono di Marco, ma rispose la segreteria telefonica. L'appuntamento era per le sei e mezza: come mai Marco non arrivava? Alla fine, indispettita dal forte ritardo, pensò di attuare ugualmente ciò che aveva programmato con lui. Telefonò all'amica Sofia e si incontrarono alla biglietteria del cinema, dove veniva proiettato il film "Amici miei", con un cast di attori di spessore. Entrarono nella sala a luci già spente; per fortuna il grande schermo, che trasmetteva le scene a colori, rischiarava un po' l'ambiente gremito di persone e, aguzzando la vista, scorsero due posti nell'ultima fila a sinistra dell'ingresso. Lei pensò così di far sbollire l'ira per il bidone ricevuto. Il film era accattivante e pian piano si rilassò e si concentrò nello spettacolo. Intanto Marco, alle sette e quaranta, pensando di fare ancora in tempo per lo spettacolo delle venti, suonò ancora a casa di Angela, con la speranza che lei rispondesse. Dalla cornetta del citofono Amalia, ancora una volta con alterigia:

"È andata al cinema."

"Dove?" domandò lui.

"Credo che sia andata al Superstar."

E lui di nuovo:

"Mi sai dire con chi?" E Amalia:

"Senti coso... potrà uscire anche con gli amici oppure è in libertà vigilata?" A quel punto chiuse il citofono e non rispose agli altri tentativi di Marco.

Quest'ultimo s'incamminò verso casa con tanta rabbia in corpo, dicendo tra sé:

"Se la incontrerò qualche volta vis à vis le farò inghiottire i suoi moti d'ira!"

E quella notte non riuscì per un solo istante a chiudere occhio, tormentato dal pensiero che un altro ragazzo avesse accompagnato Angela al cinema. Si scoprì di colpo geloso: lui che confessava a se stesso ed alla stessa Angela di non esserlo, che desiderava lasciarla libera, ecco che si rodeva il fegato, non sapendo dove lei fosse.

***

Un sabato mattina, Angela era in ospedale e Marco, che era libero da impegni, pensò di fare un giro per i negozi. Era piacevole percorrere il corso subito dopo la pioggia e col sole di fronte! Mentre camminava, osservò come i raggi solari facessero brillare l'acqua piovana, che scorreva a rivoli ai lati dei marciapiedi e formava pozzanghere, schizzando al passaggio delle auto. Per evitare schizzi sui pantaloni, Marco si allontanò dalla strada e si posizionò all'ingresso di una galleria piena di vetrine. Si fermò davanti alla prima, in cui erano esposti bei capi di abbigliamento femminile. Mentre era intento a guardare un maglioncino molto grazioso, bianco e con perle finte attorno al collo, sicuramente adatto ad Angela, vide accanto a sé Amalia, che si faceva notare muovendosi da un lato all'altro della vetrina, come se cercasse qualcosa di particolare tra i capi esposti. Marco pensò di potersi finalmente vendicare.

"Buongiooorno!"

le disse in modo canzonatorio. "Buongiorno a te, Marco."

Rispose lei con un sorriso accattivante, illuminato dai denti bianchi come perle coltivate.

Avrebbe voluto dirle chissà cosa, ma si lasciò conquistare dal suo viso luminoso e dal suo modo carino di porsi. Rifletté per un attimo e pensò di offrirle un cocktail, per non lasciarsi sfuggire l'occasione di conoscerla meglio, anche se non aveva abbandonato l'idea della vendetta.

"Che ne dici di andare a prendere qualcosa in quel bar?" la invitò lui. "Grazie Marco, accetto volentieri." rispose sorridendo.

Il Bar del Corso era uno dei migliori in città e vantava una vecchia tradizione di famiglia, soprattutto per la qualità del caffè. Al suo interno, era arredato con un mobile bar in mogano scuro piuttosto lucido, tavolini rotondi dai piedi ritorti a lumaca e sedie imbottite ricoperte di un tessuto damascato dai colori pastello. Amalia si sedette di fronte alla vetrina, mentre Marco si mise di fronte a lei, dando le spalle alla luce. Nell'attesa del cameriere, la osservò attentamente. Non l'aveva mai incontrata di giorno e rimase estasiato nel vederla così bella: capelli lucidi biondo scuro con riflessi miele, occhi neri come due olive, bocca ampia e carnosa, piccole mandibole nel viso, irregolare ma molto caratteristico, corpo alto e snello con gambe magre e affusolate. Tutto ciò la rendeva attraente ai suoi occhi. Attraverso la vetrina, i raggi del sole si posavano sui suoi capelli, creando dei riflessi d'oro. Lui rimase particolarmente colpito e, mentre parlava, non riusciva a staccarle gli occhi di dosso, fino a quando non arrivò il cameriere per l'ordine. Consumarono brioche e cappuccino incuranti del resto. Parlarono del più e del meno per una buona mezz'ora, scherzarono tra una battuta e l'altra e risero spensierati. Poi uscirono e si fermarono a guardare le vetrine. Lui si staccò da lei per vedere una camicia celeste a piccoli quadri in esposizione, ma, in realtà, la osservava, notando le caviglie sottili che le davano eleganza. All'improvviso, Amalia si ricordò di un impegno e si rivolse a lui con un ampio sorriso:

"Mi dispiace doverti lasciare, ma devo, per via di un impegno inderogabile. Nessun rancore per i toni arroganti da me usati quando venisti a prendere Angela?"

"Nessun rancore."

Rispose lui, affascinato dalla sua bellezza.

Si salutarono con un abbraccio ed ognuno proseguì per la sua strada.

Marco, poi, andò a prendere Angela all'uscita dall'ospedale e, mentre si recavano a pranzo, meditava sull'incontro inaspettato. Rivedeva Amalia seduta davanti a lui e pensava che era davvero affascinante.

Ad Angela non erano sfuggiti quegli attimi di riflessione e gli domandò:

"Marco, sto parlando con te da un po', ma mi sembri assente: è accaduto qualcosa di cui non vuoi parlare?"

"Assolutamente no! Riflettevo su una camicia che ho visto in vetrina e che andrò a comprare, tutto qui." rispose lui.

"Meglio così, perché non mi piace il tuo improvviso mutismo." aggiunse lei.

***

Arrivò il periodo pasquale. Nei due mesi precedenti, Angela aveva lavorato sodo: usciva dalla clinica sempre più tardi, per cui avvertiva un forte senso di stress. Pensò così di trascorrere la settimana santa nella calma assoluta del suo paesello, con la mamma che le preparava pranzi e dolci pasquali, così avrebbe trovato ristoro per la sua mente. Si preparò a godere di ogni componente della sua famiglia e delle amiche storiche che attendevano da tempo un suo rientro. Amalia, invece, preferì non far ritorno a casa, perché avrebbe dovuto laurearsi a breve. Marco seppe da Angela che l'amica sarebbe rimasta a Firenze. Così, nel primo pomeriggio del giovedì santo, attraversò via Caracciolo in auto ed all'altezza dell'appartamento delle due ragazze diede un'occhiata alle imposte e vide che erano chiuse. Si ricordò che, quella mattina al bar, Amalia gli aveva chiesto il testo per il tirocinio in ospedale. Suonò al citofono e con somma meraviglia sentì la voce di Amalia scandire:

"Chi è?"

E lui:

"Sono Marco; passavo di qui e... volevo portarti il libro che mi hai chiesto, ma non ne ricordo il titolo."

E lei:

"Se mi attendi un attimo, annoto su un foglietto il titolo e scendo."

Egli rimase estasiato alla vista di lei. Appariva ancora più bella di come la ricordava. Indossava un tailleur in crêpe color celeste, con bottoni perlati al centro, scarpe blu dal tacco alto e pochette nella mano destra. Grandi occhiali, con montatura blu rettangolare e lenti lievemente scure, le nascondevano i begli occhi. Si abbracciarono affettuosamente, Amalia gli consegnò il foglietto e poi Marco:

"Senti Amalia, ho l'auto con me, ti va di fare un giro fuori Firenze?"

Era una delle prime giornate serene di primavera. I raggi del sole, che filtravano attraverso i vetri dell'auto, creavano un gradevole tepore nell'abitacolo e ciò rendeva piacevole lo stare insieme. Accostarono l'auto in una zona deserta e stettero per ben due ore a raccontarsi episodi della loro vita, in piena spensieratezza. Per tutto quel tempo, lei non accennò ad Angela, perché voleva con lui un rapporto esclusivo. Infine, decisero di rientrare in città. Marco la riportò a casa e stava per salutarla davanti all'uscio quando, all'improvviso, lei lo prese per un braccio e l'attirò a sé incollando le labbra alle sue. Era una ragazza molto esperta in fatto di uomini, aveva avuto diverse storie, anche con un uomo sulla quarantina e per giunta sposato. Non le mancava sicuramente la tecnica per attrarlo. Sempre con le labbra sulle sue, fece girare la chiave nella toppa e chiuse la porta con il piede. Lo condusse indisturbata al primo piano, poiché la proprietaria dell'appartamento era partita per la Calabria. Aveva studiato ogni dettaglio alla perfezione e lui stette al gioco, pensando:

"Quale miglior occasione!"

Lo prese per mano, lo portò nella sua stanza e lasciò la porta socchiusa, in modo che filtrasse una fioca luce. Lui iniziò a baciarla e a palparle varie parti del corpo, in un gioco di desiderio erotico che entrambi avevano celato per tanto tempo, manifestando a vicenda disprezzo. Poi, stanchi, si appisolarono avvinghiati come tralci di vite. Dopo un'ora, Marco si svegliò, non rendendosi conto, in un primo momento, di dove fosse. Subito avvertì una stretta al collo, fece per toccarsi e trovò il braccio esile di lei su di sé. Pensò immediatamente ad Angela. Allora guardò Amalia freddamente e fu preso dai sensi di colpa, si divincolò dall'abbraccio e cercò affannosamente i vestiti sulla sedia e per terra, per poter fuggire, il più in fretta possibile, da quella stanza e da lei. E così fece, lasciandola ancora addormentata nel suo letto. Lungo il percorso verso casa, ripeteva a se stesso:

"Che idiota! Che cosa ho fatto… possibile che mi sia lasciato abbindolare da lei, da una facilmente abbordabile?"

Nella sua camera si rese concretamente conto di ciò che era accaduto e venne attanagliato ancor di più dai rimorsi nei confronti di Angela che, ignara di tutto, se ne stava tranquilla in paese, a godersi il meritato riposo. E, proprio in quel momento, mettendo a confronto le due donne, maturò in lui l'idea di non vedere più Amalia e di non andare in quella casa neanche per prendere la sua ragazza.

In pochi giorni ricevette tre messaggi di Amalia, ai quali non diede alcuna risposta. Arrivò persino a pensare:

"E se lei spiffera tutto ad Angela?" E poi, ancora:

"Che cretino che sono! Se non risponderò ai suoi messaggi, di sicuro vuoterà il sacco con Angela. Mi conviene, quindi, essere carino con lei, fino a quando non le farò capire che tengo molto alla mia fidanzata."

Scrisse immediatamente:

"Ciao cara, non ho risposto a tuoi messaggi perché preso da impegni. Voglio dirti che m'è piaciuto stare con te e voglio incontrarti ancora. Marco."

E lei:

"Ti perdono per non avermi risposto subito. Anche tu mi sei piaciuto tanto. A presto! Amalia."

Fatto questo, mise a tacere la sua coscienza, perché pensava di venirne fuori senza che Angela ne sapesse nulla. Ma la situazione si complicò quando, due giorni prima che Angela rientrasse in città, Amalia si presentò nel suo studio. Mentre lui stava visitando un piccolo paziente di due anni, che aveva contratto la parodontite e che dopo una settimana avvertiva ancora forti dolori, suo padre, l'anziano pediatra, ricevette Amalia e, alla vista di quella bella ragazza, disse:

"Buongiorno signorina, ma forse lei ha sbagliato ambulatorio! Qui curiamo solo i bimbi, non gli adulti." E lei:

"Buongiorno, mi chiamo Amalia. So che è uno studio di pediatria, ma… mi trovo per caso da queste parti e vorrei salutare Marco."

"C'è da attendere un po', sta visitando. Si accomodi in sala d'attesa. Arrivederla."

Disse lui e la salutò con una stretta di mano.

Nonostante le numerose visite che si susseguirono, Amalia attese che lui si liberasse, sfogliando, nel frattempo, alcune riviste. Dopo l'ultima visita, entrò nel suo studio e lo vide intento a contabilizzare la giornata. Chiuse la porta, gli andò vicino, si sedette sulle sue gambe, cingendogli le spalle con le braccia, per avvicinarlo a sé e baciarlo. Ma lui si alzò di scatto e lei si dovette appoggiare alla scrivania per non cadere.

Marco, chiaramente seccato, l'apostrofò:

"Dico, sei matta a venire qui? Sai che mio padre sta nello studio attiguo? Mi vuoi davvero compromettere con questi tuoi slanci? Ti avrei chiamata io e ci saremmo incontrati fuori. Adesso vai giù ed attendimi al portone, mentre chiudo le persiane e saluto mio padre."

Intanto, per le scale, meditava su come sganciarsi. Ma quando, sul marciapiedi, vide i suoi biondi capelli ondeggiare al vento, il suo sorriso ampio, che lo invitava in maniera rassicurante, non pensò più a nulla, la baciò incurante di tutti ed infilò il braccio sotto il suo chiedendole:

"Dove andiamo? Hai già qualche progetto?"

"Sì, andiamo a casa tua questa volta e mi presenti tua madre."

"No, questo mai" protestò lui determinato.

"Allora a casa mia, come l'altra volta, tanto Angela rientra tra due giorni." ribatté lei.

"No, neanche a casa tua." rispose lui.

"Perché no? Non sei stato bene l'altra volta?" disse lei.

"Sì, ma sai... l'ambiente mi crea un po' di imbarazzo, perché mi viene spontaneo pensare ad Angela."

"Ma dai... ci sono io e poi... sarai impegnato e non avrai il tempo per pensare" disse lei, mentre gli accarezzava nuca e orecchie.

Quando entrarono in casa di Amalia e di Angela, Marco venne preso per mano e condotto in camera, dove iniziò la seduzione a cui non seppe resistere e alla quale si abbandonò completamente.

Tornato a casa, ripensò a lei e ai suoi modi di fare e si pentì di essersi lasciato conquistare ancora una volta.

"E pensare che l'avrei voluta affrontare per darle una lezione! Ma non è stato così. Vedendola bella e sentendola parlare, mi sono lasciato smontare da lei. È una ragazza molto esperta in fatto di uomini, sicuramente avrà avuto altre storie, forse anche con uomini di diverse età, quindi non le manca certo la capacità di saperli attrarre! Ed io, come un pivello, sono caduto nella sua rete. Stupido che sono stato! Amo Angela e mi sono lasciato andare con l'altra, che per me non conta nulla: è stata una semplice attrazione."

Poi si tenne la testa tra le mani per pensare:

"Ed ora... come fare per tornare alla tranquillità di un tempo? Mi sono cacciato in un bel pasticcio."

Dopo un po', riprese coraggio:

"Innanzitutto non la dovrò incontrare fino al matrimonio e poi l'affronterò dicendole che amo Angela e che con lei è stata solo attrazione fisica ed un puro errore averla frequentata."

Al rientro di Angela, Marco si dedicò anima e corpo ai preparativi del matrimonio, forse per dimenticare l'accaduto.

***

Tutto era pronto per il 6 giugno, data delle nozze: bomboniere, prenotazione del ristorante e della chiesa di Santa Maria Maggiore nel paese di Angela e, per finire, gli abiti nuziali: per lei un abito bianco di seta lucida, con paillettes al décolleté e un'ampia scollatura al fondo schiena, per lui un abito in formal dress, dal motivo semplice ed elegante.

Lui ed Angela erano anche passati a ritirare in tipografia i biglietti per gli inviti, perciò era tutto pronto. Tutto? Beh, non proprio! L'appartamento dove sarebbero andati ad abitare era stato ristrutturato a fine aprile, ma i mobili tardavano ad arrivare. Angela aveva l'elenco di ciò che avrebbero dovuto ancora ultimare ma, essendo sempre di fretta, lo consultava raramente. Cercava di tenere tutto a mente e, certe volte, i vari appuntamenti, dal fiorista per il bouquet e per l'addobbo dell'altare, dal prete per la confessione e molti altri, la stordivano. Ed era sempre lei che doveva ricordare a Marco che cosa fare e dove andare nei pomeriggi di sabato, quando erano liberi dal lavoro.

Che angoscia dover ricordare tutto!

Un giorno, mentre erano insieme, d'improvviso le venne in mente:

"Oh Dio! E le fedi? Possibile che non abbiamo pensato alle fedi?"

"Non hai tu la lista delle cose da fare?" Le disse Marco e aggiunse: "E allora, muoviamoci!"

Così, si diressero in una gioielleria di fiducia a comprare le fedi, che, per tradizione, avrebbe pagato la madre di lui.

E poi? Gli inviti attendevano a casa per essere scritti e spediti agli invitati. Accompagnò Angela nel suo appartamento a prendere la scatola che li conteneva, che lui aveva conservato con cura nel cassetto del comò, e partirono a razzo per compilarli a casa di lui. Angela stava scrivendo il nome di Amalia su una busta quando arrivò Marco, che si era allontanato per qualche attimo. Egli, nel vedere quel nome sulla busta, gliela sfilò e mentre lei, guardandolo perplessa, rimase con una mano aperta e con l'altra semichiusa, come stesse ancora scrivendo, la accartocciò lasciandosi sfuggire la frase:

"No, quella no, altrimenti rovinerai il giorno più bello della mia vita!"

"Ma… che brutto modo di fare! - gli disse Angela - Perché l'hai accartocciata? Ho appena scritto il nome di Amalia sulla busta, mi dici che cosa avrei fatto di male? A volte ti comporti in modo esagitato."

Lui si rese conto d'aver avuto uno scatto di nervi e cercò di controllarsi:

"Preferirei che tu non la invitassi. Sai che non la sopporto per niente col suo fare da saccente ed è per questo che non voglio che ci sia al nostro matrimonio."

E lei, di rimando, alzando il tono di voce: "Non è possibile, vuoi capire che condivide con me l'appartamento e devo a tutti i costi invitarla? Allora, smettila una volta per tutte di fare il bambino!"

"Ebbene no, ti ho detto di no e così sarà" ribadì lui.

Alla fine, però, dovette arrendersi a malincuore. Sapeva di aver assunto un atteggiamento infantile e non insistette ulteriormente. Amalia non contava su di lui per l'invito, ma sulla sua amica sì, e già fantasticava sull'abito da indossare per incantarlo col suo fascino. Quando il pomeriggio successivo, rientrata per prendere buste e foglietti ancora da scrivere, la trovò nel tinello a studiare, Angela la salutò affettuosamente come sempre:

"Ami, come va?" E lei: "Come vedi, sono qui a studiare."

E Angela:

"Sai, avrei tante cose da dirti sulla cerimonia, ma, come sempre, vado di fretta, perché manca meno di un mese al grande giorno e, nel tempo libero, Marco ed io non sappiamo cosa far prima, per sistemare le ultime cose."

"Ma va? Vuoi dire che… Marco viene con te?" Ed incredula continuò: "Non credevo che fosse questo tipo d' uomo…"

Ed Angela:

"Sì, cara. È proprio così: innamorato, dolce, generoso, disponibile. Auguro anche a te di trovare un uomo simile. A proposito, ti deludo se ti dico che non abbiamo invitato amici, né conoscenti e quindi neanche te, perché preferiamo un matrimonio con solo i parenti e… quindi scusami, cara."

E lei: "Ma no, figurati! Non ti creare problemi per me, fa' pure ciò che ti senti di fare." Ma allo sguardo attento di Angela non era sfuggito il corrugamento della sua fronte, sicuro segno di disapprovazione, e si rese conto che l'amica c'era rimasta male.

***

I preparativi nuziali fervevano. Marco, sicuro di voler sposare Angela, non aveva dato più peso a ciò che era accaduto con Amalia e, quando gli veniva in mente quanto era successo, avvertiva un senso di angoscia che lo tormentava e scacciava con forza dalla mente quel pensiero, per concentrarsi solo sui preparativi.

Così, si era reso disponibile ad affrontare con Angela i vari impegni: inviti, bomboniere, abiti nuziali, ristorante, addobbo della chiesa, prenotazione autobus per i parenti dello sposo e, infine, viaggio di nozze ai Caraibi.

Una sera, dopo che con Marco aveva completato gli indirizzi delle partecipazioni, Angela disse:

"Caro, sono stanchissima. Vorrei che tu mi salutassi i tuoi al loro rientro, perché non ce la faccio ad attenderli."

"Ok cara. Anch'io sono stanco, ma prima ti accompagno in auto."

"Ma no caro, non è poi così tardi, sono appena le nove… inoltre colgo l'occasione per fare due passi fino a casa, per rischiararmi la mente." rispose lei.

E lui, dolce come sempre, l'abbracciò, la baciò e le disse:

"Buonanotte cara, cerca di dormire bene, perché abbiamo ancora dei giorni faticosi da affrontare."

Arrivata a casa, Angela trovò l'amica che stava guardando in tv un programma canoro con i Vianella, ma le sembrò fredda, piuttosto sulle sue. Lei la salutò con affetto e l'altra rispose in modo scostante. Durante la notte, Amalia si alzò almeno due volte per andare in cucina. La seconda volta,

Angela accese l'abat-jour, si alzò e, stropicciandosi gli occhi pieni di sonno, le chiese:

"Amalia non ti senti bene? Hai bisogno di me?"

E lei:

"No, non ti preoccupare, sono solo un po' nervosa per l'esame, per cui non riesco a prendere sonno."

"Senti, Amalia, perché non ti prepari una camomilla? Vedrai che ti rilasserà. Se poi hai bisogno di me, svegliami pure."

E l'altra:

"Va bene, grazie."

La mattina seguente, Angela si alzò alle sette e vide, attraverso i vetri del balcone, che si preannunciava una bella giornata, così diventò subito di buon umore. Tornò in camera in punta di piedi, per non svegliare l'amica, che si era addormentata alle prime luci dell'alba, e poi filò dritta in bagno per la doccia e per abbigliarsi. Al lavoro era piuttosto allegra, ma quando terminò la visita dei pazienti con l'equipe, si trovò sola nell'ambulatorio e le venne di colpo in mente la freddezza di Amalia nei suoi confronti e si chiese:

"Sicuramente si è offesa perché non l'abbiamo invitata." e rifletté per un po', per capire se ci fosse qualche altro problema, se le avesse fatto qualche sgarbo, di cui non si era accorta.

"Ma va, che vado a pensare! Sarà davvero ansiosa per l'esame, che dovrà sostenere tra una settimana!"

Se ne convinse e chiuse l'argomento, per non riprenderlo più neanche con Marco.

Intanto i preparativi continuavano. Angela e Marco avevano anche deciso di prenotare il viaggio di nozze in una delle isole dell'Oceano Indiano: le Seychelles. Lì, in quel periodo, era previsto bel tempo, dato che era trascorsa la stagione delle piogge, ed avrebbero vissuto la vacanza spensieratamente.

Arrivò il giorno del fatidico sì

La notte prima delle nozze, Angela dormì pochissimo, a causa dell'ansia che l'attanagliava. Alle sei del mattino, scrutò il cielo e vide avanzare velocemente, da nord a sud, un banco di nubi. Il sole, a tratti, sembrava giocare a nascondino: usciva da una nuvola bianca, poi si nascondeva dietro di essa, per riapparire completamente con l'avanzare dell'ora, ma non aveva la solita luminosità. Angela rimase affascinata dallo spettacolo e, per un po', stette ad osservarlo, sperando che quel sole, che pareva malato, riacquistasse tutta la sua luminosità e scacciasse le nuvole, in modo da offrirle una bella giornata per l'occasione.

La sua casa di paese, ancora piena di invitati, verso le undici si svuotò e tutti formarono un corteo dietro alla sposa, accompagnata dal suo papà. Il sole si era liberato finalmente dalle bianche nuvole ed era diventato radioso, proprio come Angela aveva sperato.

La chiesa era poco distante dalla sua casa, tanto che le poche volte in cui Marco era stato ospite da lei in paese, non era riuscito a dormire con tranquillità, perché le campane scandivano, coi loro rintocchi, le ore del giorno e della notte. Alle cinque del mattino, già annunciavano l'aurora, abitudine atavica per dare la sveglia a contadini e operai, che, a quel suono, si levavano dalle coltri per andare al lavoro. Mentre gli ultimi invitati si stavano disponendo nel corteo, un cugino riferì ad Angela che lo sposo la stava già attendendo all'altare.

Varcata la soglia della chiesa, gli invitati si sfilarono dal corteo e presero posto a sedere, mentre Angela procedeva lentamente nella navata centrale, sottobraccio a suo padre.

Aveva affrontato bene il saluto degli ospiti, ma la musica che accompagnava i suoi passi verso l'altare ed il caldo applauso di parenti ed amici, che l'accolsero al suo ingresso in chiesa, la fecero commuovere.

Vicino al prete, che l'aveva tenuta a battesimo e le aveva fatto da insegnante per tanti anni, l'attendeva il suo Marco che, con gli occhi lucidi, compiaciuti dalla bellezza della sposa che vedeva avanzare, scese i gradini dell'altare, per offrirle il suo braccio. Le alzò il velo, adagiandolo sui capelli, e l'accolse tra le sue braccia, baciandola. Un altro applauso si levò tra la folla. Gli sposi, dopo aver salutato tutti con un gesto della mano, si voltarono verso il prete, che iniziò la funzione. A metà messa ci fu l'omelia. Il prete, tra le altre cose, disse che Angela era una della ragazze del quartiere, che aveva seguito nella sua metamorfosi: dall'asilo all'ultimo anno di scuola superiore. Ricordò ai presenti le tappe della sua vita e della sua formazione, alla quale avevano contribuito, oltre alla famiglia, anche lui e le suore dell'asilo. Queste, quando la vedevano giocare in strada, chiamavano dal balcone lei e le sue amichette, perché aiutassero i piccoli allievi della scuola materna a preparare i lavoretti, in occasione del Santo Natale e della Pasqua.

Dopo lo scambio delle fedi, alla lettura del parroco degli artt. 143, 144 e 147, gli sposi si promisero assistenza, in caso di malattia, e collaborazione nella crescita e nell'educazione della prole. Alla fine della cerimonia, lo sposo baciò la sposa ed insieme, dopo aver ricevuto gli auguri di tutti, si diressero sorridenti e felici all'uscita sul sagrato, dove i parenti avevano preso posto per lanciare su di loro riso, confetti e soldi benaugurali. Si dovettero difendere con il braccio a mo' di scudo, per evitare di essere colpiti in pieno viso!

La giornata riprese ad essere incerta: il sole ogni tanto faceva capolino tra nubi color argento, poi si scopriva per irradiare i volti degli invitati che, nell'intervallo tra i primi e i secondi piatti, si preparavano per la foto ricordo con gli sposi, nel grande giardino del ristorante. Nel pomeriggio, un amico tenore cantò per loro l'Ave Maria di Schubert, accompagnato al pianoforte. Dalle ampie vetrate si scorgeva il cielo farsi sempre più cupo, lampi e tuoni preannunciavano un temporale. Le nubi si fecero sempre più nere, come fumo del camino, fino a sciogliersi, dopo qualche istante, in acqua a catinelle. Dopo un momento di sconcerto per la troppa acqua che cadeva dal cielo, tutti gridarono in coro:

"Sposi bagnati, sposi fortunati!"

Iniziarono a far tintinnare i bicchieri con le posate, per incitare gli sposi al bacio. Loro cercavano di far finta di nulla, ma il rumore dei vetri, sempre più insistente, fece sì che si baciassero a lungo.

E gli invitati in coro:

"Non vi sembra di esagerare?" E gli sposi compiaciuti:

"Non l'avete chiesto voi? Abbiamo esaudito il vostro desiderio."

La giornata, tra un piatto e l'altro e tra scherzi vari, trascorse in fretta. Intanto il temporale era diminuito d'intensità, lasciando posto ad una cadenzata pioggerella e a tratti di sereno.

Gli sposi, accortisi al tramonto che aveva smesso di piovere e che il cielo si stava liberando anche delle piccole nubi, pensarono di approfittare della schiarita per procedere più spediti verso Roma. Si congedarono in fretta dagli invitati e presero posto nell'auto bianca di Marco, al cui paraurti erano state appese, dagli amici durante il pranzo, scatole di latta e partirono nel frastuono di suoni.

Arrivarono finalmente a Roma, dove trascorsero la prima notte di nozze, in attesa di prendere l'aereo per le Seychelles alle sei del mattino seguente. Finalmente in albergo, si misero comodi. Tolsero dal borsone il pigiama blu di seta per lui e la camicia da notte color carne per lei; un capo, questo, piuttosto semplice, tipo sottoveste di seta, con l'orlo e le bretelle in pizzo e il décolleté in stile impero. Sulla seta era stato perfettamente applicato un velo dai minuscoli ricami fiorentini, scrupolosamente lavorati a mano, con scollatura a v fino al seno. La camicia era stata scelta, per la prima notte di nozze, da Angela e dalla sua mamma, e acquistata, qualche mese prima, assieme a tanti altri capi di corredo.

Angela fu la prima a farsi la doccia e, uscita dal bagno, indossò la camicia da notte e si adagiò sul letto. Poi toccò a lui che, prima di seguirla a letto, citofonò in portineria per ordinare una bottiglia di champagne. Nel giro di dieci minuti, picchiò alla porta un cameriere con il carrello, su cui c'erano tartine al caviale e al salmone ed il Pommery, nel secchiello del ghiaccio, coperto fino al collo da un candido tovagliolo di broccato lucido. Lui tese il braccio verso di lei e si sedettero uno di fronte all'altra intorno al piccolo tavolo, coperto da un tessuto di raso giallo oro, con sopra una tovaglietta bianca di lino. Incrociarono i bicchieri e lui:

"Alla nostra felicità, mia dolce amata."

"Alla nostra, caro!"

Mentre erano intenti a fare commenti sulla buona riuscita della cerimonia, si resero conto che, presi dal giro ai tavoli per salutare gli invitati, in effetti non avevano quasi toccato cibo e così, assieme ad un altro bicchiere di champagne, si saziarono con le tartine. Un po' ebbri, caddero a letto come pere mature e si addormentarono profondamente. Alle cinque squillò il citofono. Marco sobbalzò dal letto e sollevò la cornetta per rispondere: era la voce del portiere che annunciava la sveglia. Angela non si era accorta di nulla e continuava a dormire placidamente, sopraffatta dalle tante emozioni del giorno prima. Lui, nel vederla dormire in tutta la sua bellezza come un angelo, le accarezzò con tenerezza l'ovale del viso, senza che lei se ne accorgesse. Allora la destò con un bacio appassionato sulle labbra e così lei mosse la testa ed aprì lievemente gli occhi. Dopo che lui riprese a baciarla, si svegliò completamente e gli disse:

"Sai Marco? Mi sembra di aver sognato che tu mi stessi baciando e che io godessi tanto nel farmi baciare."

"Ma buongiorno, signora Presti! Ebbene, stamane quando mi sono svegliato tu stavi dormendo sul mio braccio come un angelo e, preso da un impeto di tenerezza, ti ho baciata delicatamente, per timore di svegliarti. Poi, ho alzato la tua testa dal mio braccio ed ecco che ti sei svegliata. Non è stato un sogno, ma pura realtà." E con una pacca sul sedere della moglie:

"Adesso, pigrona…, forza scattiamo dal letto, che l'aereo non attende i passeggeri ritardatari!"

Si infilarono a turno sotto la doccia, si prepararono in men che non si dica, ripresero il loro bagaglio e corsero in auto fino a Fiumicino. Lasciarono la macchina nel parcheggio per la lunga sosta, poi impiegarono altro tempo per le formalità ed arrivarono puntuali per il check-in e la consegna dei bagagli. Tutti i passeggeri si diressero all'imbarco, tranne una famiglia alla quale stavano contestando qualcosa, per cui loro due si ritennero fortunati che tutto fosse filato liscio. Solo quando presero posto nell'aereo, Angela scrutò rilassata il cielo dall'oblò: l'alba si mostrava in tutta la sua bellezza, con il sole che si alzava man mano su uno sfondo roseo e irradiava ogni cosa coi suoi raggi luminosi.

***

Erano giunti a destinazione di sera. L'aeroporto sull'isola presentava una copertura ad ombrello, fatta di grossi rami secchi di palma, e già lasciava immaginare lunghe spiagge di sabbia bianca, in contrasto con l'azzurro del mare. Il pulmino era pronto per condurli al resort.

La hall aveva le stesse caratteristiche dell'aeroporto; dal che si deduceva che gli abitanti sfruttavano alla grande il materiale del luogo. L'ospitalità era eccezionale. Nel salone da pranzo servivano pietanze di cucina internazionale, per cui vi era solo l'imbarazzo della scelta. Il pesce era uno dei piatti più riusciti: veniva cucinato tra le foglie di banano, sul barbecue, oppure a filetti, sulla griglia. Anche la carne veniva cotta allo stesso modo e ciò consentiva loro un'ampia scelta.

Il giorno successivo all'arrivo, Angela e Marco avevano prenotato una mini auto a due posti, senza vetri ai finestrini e col tettuccio apribile. Lui osservò il piccolo veicolo e, dopo essersi messo al posto del conducente, disse:

"Per fortuna siamo capitati in questo luogo nel periodo secco! Te lo immagini spostarsi con quest'auto durante la stagione delle piogge? Non si saprebbe come ripararsi!"

"Hai ragione, però è divertente viaggiare con questo giocattolo."

Difatti, grazie a quel trabiccolo, visitarono luoghi incantevoli. Tutt'intorno la natura era rigogliosa. Tra gli hibiscus in fiore, si vedevano sbucare piccole ville, sparse come funghi nel verde lussureggiante. Angela si divertiva ad osservare quel manto verde, mentre Marco guidava. Poi alzava la testa, per sostenere col suo sguardo il sole raggiante nell'alto cielo, ma, dopo qualche istante, era costretta ad abbassarla, perché abbagliata al punto da vedere solo macchie brune davanti a sé. Il soggiorno sarebbe durato in tutto quindici giorni: il primo era stato un giorno di adattamento all'ambiente, ma già dal secondo avevano scoperto una cala deserta, di sabbia bianca, che si accordava perfettamente al colore delle palme. I frutti di questi magnifici alberi, pur essendo verdi all'esterno, in realtà erano pronti per essere mangiati, a qualsiasi ora del giorno. Ciò creava una perfetta simbiosi tra la natura ed i due ospiti, tale da creare un'intimità perfetta. Passeggiarono a lungo sulla battigia, con i rispettivi zaini in spalla e, ad un certo punto, incontrarono un gruppo di ragazzi e ragazze ospiti del vicino hotel. Si unirono a loro e insieme consumarono un cocktail di frutta tropicale, completato da una fetta di mango fresco inserita nel bordo dei flûte, quanto di più gradevole, dopo la bella sfacchinata sotto il sole cocente. Poi, una visita all'hotel, due magliette acquistate alla galleria commerciale e… via sulla spiaggia, a sgambettare di buona lena in direzione della cala. Per non farle pesare il percorso, Marco la distraeva facendole osservare le onde increspate dal vento, che si infrangevano spumeggianti ai loro piedi. Più avanti, a mezz'ora dalla cala, un albero di acacia, nato ed alimentato dal mare, ad un passo dalla battigia, esibiva la sua chioma di un giovane verde; tra le fronde ramificate, apparivano grappoli gialli, che inebriavano l'aria col delicato ma persistente profumo. Sulla cima videro un grosso falco accovacciato, il quale, notata la loro presenza, li guardava con sospetto, pronto a spiegare le grosse ali, in caso di avvicinamento dei due. Angela, di fronte a tale spettacolo, estrasse dallo zaino la piccola macchina fotografica e lo immortalò, proprio con lo sguardo rivolto verso di loro. Dopo, volle fotografare anche Marco, che si era tenuto a debita distanza dall'albero. Mancavano quindici o venti minuti alla fine del percorso: Angela iniziò a lamentarsi per l'afa, che a mezzogiorno si faceva sentire, nonostante la brezza, e per la stanchezza nelle gambe.

"Marco, ma quando arriviamo? Questo caldo mi sta opprimendo e credo di non farcela più."

"Proprio adesso vuoi arrenderti? Ormai ci siamo. Vedi quella fitta vegetazione laggiù? La nostra mini è lì, fresca ed ombreggiata tra gli alberi. Dunque, solo un po' di pazienza ed arriveremo."

Mentre camminava in silenzio, le sembrava che quei quindici minuti fossero interminabili e che il suo orologio, che controllava spesso, si fosse fermato. Per distrarsi, iniziò a raccogliere conchiglie dalle tante sfumature. Ne trovò una grande e bella e la mostrò al suo Marco:

"Guarda questa conchiglia, non è bellissima? "

"Ma è uno spettacolo! Ha colori meravigliosi. Guarda qui: ha striature di colore giallo, tortora, marrone e blu."

Angela la posò sulla sabbia e, distratta dalla bellezza della conchiglia, non si accorse che erano quasi arrivati alla spiaggia. Quando la vide, non tanto distante da loro, si rianimò ed iniziò a correre per raggiungerla, ma, come Marco la vide correre all'impazzata, la raggiunse in men che non si dica con la sua lunga falcata, la prese con forza per la vita e la fece cadere a terra. Lei, dapprima spaventata ma poi divertita, si divincolò ed andò a nuotare. Si tuffò anche Marco, la raggiunse e, mentre lei nuotava a dorso, le gettò in viso ripetuti spruzzi d'acqua, fino a quando Angela non assunse la posizione verticale e gli gettò palmate d'acqua sugli occhi. Lui allora, dopo averli strofinati abbondantemente, per eliminare ogni residuo di sale, la prese tra le braccia e la gettò in acqua.

E mentre era pronto ad intervenire per aiutarla, lei riemerse alle sue spalle e gli si avvinghiò, mettendosi a cavalcioni su di lui che, a sua volta, le strinse le gambe e la riportò a riva. Come la posò sulla battigia, lei iniziò di nuovo a correre:

"Non mi prendi, non mi prendi…"

"Vedo con piacere che la stanchezza ti è passata… Adesso ti faccio vedere io!"

Lei, per non farsi prendere, correva sulla spiaggia con tutta l'energia che aveva, fino a quando Marco, con una mossa fulminea, l'acchiappò da dietro e caddero entrambi sulla sabbia.

"E adesso dove scappi? Ormai sei mia prigioniera, non riuscirai più a sfuggirmi!"

E così rotolarono sulla battigia, mentre piccole onde accarezzavano i loro corpi. Dopo, tra scherzi e risate, avvertirono un certo languore. Angela si ricordò che nel suo zaino aveva il packed-lunch preparato dall'hotel. Consumarono i due panini e le due bananite, ma la fame in Marco non si era ancora placata. Si guardò intorno e vide, poco più in là, una palma dall'alto ciuffo verde a forma di ombrello, che abbondava di frutti, comodi da raggiungere dato che il suo tronco era inarcato verso il mare. Senza proferir parola, si trovò in un minuto sotto i suoi vistosi rami, difesi da aculei lunghi ed appuntiti come spadine, si arrampicò, puntando i piedi nei denti semisecchi formatisi dopo il taglio dei rami vecchi, ed arrivò quasi alla cima. Angela seguiva i suoi movimenti decisi e sicuri, come di un felino quando si arrampica per catturare la preda, e vide che cercava di staccare una noce di cocco, senza successo.

"Angela, mi porti il coltello a scatto che sta nella tasca del mio zaino?"

Non se lo fece ripetere un'altra volta, che già era arrivata ai piedi dell'albero. "Ecco amore, salgo anch'io per dartelo."

"Ma che fai? Stai attenta che si scivola!" "D'accordo, sarò prudente."

Si arrampicò piano fino ad oltre tre metri da terra, lui scese un po' e, stendendo il braccio verso di lei, riuscì ad afferrarlo. Gettò due noci di cocco sulla sabbia e ridiscese. Intanto Angela si era da poco sdraiata sulla stuoia e con la macchina fotografica era intenta a riprenderlo sull'albero. Sembrava Tarzan dalla bella muscolatura, resa lucente dai raggi del sole, che filtravano tra i robusti rami della pianta, coperto dal costume anziché dalla pelle maculata.

"Come fare adesso per bucare le noci?" si disse Marco.

Per tutta risposta, si mise alla ricerca di qualcosa che fosse appuntito e trovò, tra la fitta vegetazione, che costeggiava la sabbia, grosse pietre vulcaniche, una delle quali a punta. Aprì le noci e così completarono il pasto.

Ogni giorno esploravano posti incantevoli e la sera si ritrovavano al tavolo da pranzo con un'altra coppia di sposi italiani, Daniela e Stefano, che erano arrivati a Mahé nello stesso giorno. La sera, tra un pasto e l'altro, ognuno raccontava particolari della giornata trascorsa in giro e si davano reciproci consigli su che cosa visitare o in quale località cenare.

Visitarono luoghi nascosti dell'isola e fecero escursioni in altre piccole isole, dove le seychellesi attendevano gli ospiti, per far gustare loro le prelibatezze del luogo. All'arrivo: aperitivo fresco e dissetante di latte di cocco. A seguire: pollo coperto di foglie di banano e cotto sotto la brace, pesce di mare condito con molte spezie isolane e poi avvolto nelle foglie verdi, per sprigionare, a cottura ultimata, un delicato profumo. Il contorno era spesso costituito da un'insalata di pomodori a cubetti, con striscioline di peperoni verdi, carote, sedano e menta. Infine, su un grosso piatto, era servita la frutta tropicale di ogni tipo: mango, papaia, anguria, melone, frutti della passione. Consumato il pasto, le donne, che lo avevano approntato, accompagnavano gli ospiti nel piccolo piazzale antistante le loro case, per mostrare con orgoglio lavori di ricamo e all'uncinetto, eseguiti da loro e dalle figliole, stesi sulla corda come biancheria al sole. Ogni donna, del gruppo di turisti, comprò un ricordo, compresa Angela che acquistò una tovaglietta da thè, su cui erano state ricamate tante tartarughe a punto erba, ed una tovaglia bianca con tovaglioli, a filet. Non si poteva credere che, in un atollo così piccolo, potesse vivere una trentina di persone, in casette bianche e linde! Gente molto laboriosa, che si predisponeva ad accogliere ogni giorno barche di turisti, per imprimere in loro il ricordo di quelle isole belle ed ospitali, come chi le abitava.

Certi giorni, con gli amici del resort, Angela e Marco facevano delle escursioni verso le colline, dove si trovavano trattorie specializzate in cucina di carne o di pesce. Le stradine erano tutte di ghiaia ma, per fortuna, le piccole auto non consentivano una velocità elevata, quindi non riuscivano a sollevare il polverone, che avrebbe impedito la vista a quelle che seguivano. Ogni coppia parcheggiava la propria macchina sotto un grande hibiscus in fiore ed attendeva, davanti alla porta d'ingresso del ristorante scelto, l'arrivo degli ultimi partecipanti alla gita. Poi, tutti insieme entravano a prendere posto. Tra un pasto e l'altro, ognuno raccontava usi e costumi della propria terra ed esperienze vissute.

L'ultima sera della seconda settimana di vacanza, era prevista una festa in onore degli ospiti ormai in partenza. Fervevano i preparativi per la serata e c'era chi stava allestendo tavoli all'esterno, sotto il porticato, chi all'interno. Marco ed

Angela assistettero, seduti in giardino, all'andirivieni dei camerieri, che facevano la spola con la cucina.

"Chissà che cosa prepareranno di speciale per questa sera!" disse Marco.

"Non si può dire che non abbiamo mangiato bene finora. Aspetta e vedrai!"

Con queste parole Angela lo indusse a riflettere e non aggiunse altro.

Gli uomini si erano tirati a nuovo: capelli pettinati con cura e barba rasata, pantaloni classici e camicie. Qualche precisino, all'ultimo momento, si era fatto apprettare il vestito dalla lavanderia dell'hotel, prima di indossarlo e scendere in sala. Più di uno aveva optato per la cravatta, mentre gli insofferenti avevano reso più sportivo l'abbigliamento, con risvolti alle maniche delle camicie. Angela, per l'occasione, aveva indossato un abitino nero di maglina, senza maniche, con una scollatura tonda sul davanti, che metteva in evidenza il suo bel decolleté, da cui partiva una fusciacca, della stessa stoffa, fermata da una incastonatura a cerchio di minuscoli cristalli luminosi. Sulle spalline un altro filo di cristalli ne richiamava il motivo, mentre una rosa nera, posta sotto la spallina, mostrava i pistilli di altrettanti vetrini, resi incandescenti dalla luminosità della sala. Infine, una scollatura a V, sul fondo schiena, dava risalto alla dorata abbronzatura della pelle.

All'ora convenuta, gli ormai amici del resort si ritrovarono tutti e dieci in sala da pranzo. Dettero un'occhiata al lungo tavolo adibito nei giorni precedenti a self service: da un lato c'era una grossa cesta di vimini, che accoglieva una cascata di banane e, sistemati a strati, frutti tropicali di ogni gusto e di ogni colore, poi piattini con fette di frutta tropicale. Nell'altro tavolo, campeggiavano dolci e torte di ogni specie. Primi, secondi e contorni venivano serviti a tavola con salsine dolci o salate, mentre il self service riguardava esclusivamente la frutta ed il dolce. Su un grosso dentice era stato versato, per arrostirlo nella teglia al forno, il latte di cocco e, durante la cottura, erano stati aggiunti vino bianco, anice, capperi ed altre spezie. Poi era stato servito, con una salsina addensata e con una fetta di limone.

Terminata la cena, tutti si spostarono nella sala dei giochi e dei divertimenti. Gli ospiti si sedettero uno accanto all'altro, formando così un ampio quadrato. Mentre chiacchieravano tra di loro, entrò un gruppo folk, con i caratteristici abiti isolani. Le danzatrici portavano una ghirlanda di piccoli hibiscus rossi sui lunghi capelli neri, un reggiseno di finta paglia colorata come l'abito lungo e, al collo, un'altra ghirlanda, dello stesso colore della prima, che si fermava sul seno. I ballerini avevano anch'essi una ghirlanda in testa ed un'altra, di margherite gialle, più piccola, al piede sinistro. Erano a torso nudo e indossavano un costume di paglia, a mo' di gonnella. Al termine della serata, i danzatori fecero l'inchino ad alcuni ospiti, invitandoli a scendere in pista con loro. Fu un momento di grande allegria: gli ospiti si divertirono tanto e, pur non avendo la dovuta scioltezza, si lasciarono guidare in una piacevolissima danza. La serata si concluse con un motivo lento, per consentire alle coppie di ballare con una certa intimità. Angela diede una sbirciata al suo orologio che, secondo l'ora locale, segnava l'una, rialzò lo sguardo e vide Marco con gli amici dirigersi al piano bar. Li raggiunse in un baleno e disse:

"Ragazzi, ci siamo dimenticati che è l'una e domattina dovremo alzarci presto?" E Paolo, uno degli amici:

"Già l'una? Certo che dovremo alzarci di buon mattino! E, tra l'altro, dobbiamo ancora preparare le valigie!"

E poi:

"Meno male che ce l'hai ricordato, altrimenti avremmo continuato a bere e a chiacchierare, facendo l'alba! Bene, allora ce ne andiamo?"

Raggiunsero il resort e tutti salutarono le due coppie di Verona, che, a differenza degli altri, sarebbero partite nel pomeriggio, protraendo la vacanza di un'altra mezza giornata.

Alle undici del mattino, l'aereo per Roma partì puntuale, lasciando dietro di sé paesaggi e cordialità degli abitanti, senza cancellare, però, nel cuore di ognuno, il ricordo d'aver vissuto con il proprio partner una vacanza indimenticabile, da raccontare ad amici e parenti, con dovizia di particolari.

***

Ritornati dal viaggio di nozze, i novelli sposi ripresero il solito tran tran, ma quello fu il periodo più felice della loro vita insieme. Si amavano tanto e ognuno si dava completamente all'altro. Nei momenti di intimità, si promettevano eterno amore ed eterna fedeltà.

Il 10 giugno '78, il loro amore fu coronato da un lieto evento. Da circa otto mesi, Angela era incinta. Quella mattina, prima che Marco se ne andasse al lavoro, si alzò dal letto e guardò fuori della finestra: l'aria era tersa, solo alcuni cirri si muovevano lenti nel cielo sereno, mentre il sole iniziava a diffondere calore su persone e cose. Mancavano circa trenta giorni al parto, eppure si sentì strana. Avvertì all'improvviso un senso di bagnato ma, essendo primipara, non si rese conto di ciò che le stava accadendo. Poi, capì che qualcosa non funzionava e chiamò allarmata Marco, il quale accorse ai suoi richiami:

"Angela, Angela!"

La cercò nel bagno, in cucina e poi si diresse nella camera, da cui proveniva la sua voce. "Angela, dimmi cara, perché continui a chiamarmi? Hai bisogno di qualcosa?"

"Marco, guarda! Che cosa mi sta succedendo? Mi sembra di fare pipì, cerco di trattenerla e… mi sento comunque bagnata."

"Vero. Senti, è ancora presto per il parto, secondo il ginecologo. Sai che cosa puoi fare? Mettiti a letto e riposa. Può darsi che stando in piedi ti affatichi per il peso. Se ti accorgi che la situazione si aggrava, telefonami che torno immediatamente."

L'aiutò a mettersi a letto, la coprì con il lenzuolo, la baciò e poi, per rassicurarla, le accarezzò i capelli e raccomandò alla mamma di lei, che in quel periodo era da loro, di informarlo in caso di emergenza. Prima di uscire:

"Stai tranquilla cara, vedrai che andrà tutto bene!" "Mi auguro di sì, Marco."

Marco fece appena in tempo ad arrivare nello studio e ad indossare il camice per iniziare a visitare i bimbi, che sentì squillare il telefono:

"Pronto? Studio Presti."

"Marco, sono la mamma di Angela. Secondo me sta perdendo le acque, è il caso di portarla in ospedale, dunque vieni presto!"

"D'accordo, sarò lì tra pochi minuti."

"Dobbiamo fare in fretta, Angela, tuo marito sarà qui tra poco!" le disse la mamma.

Poi, l'aiutò a prepararsi per andare in clinica e prese il borsone, con gli indumenti di Angela e del piccolo, già pronto da qualche giorno.

Intanto Marco si era liberato dai suoi impegni ed era corso a portare la moglie in ospedale. Ma il nascituro non era ancora pronto per venire al mondo! Il primario, che aveva in cura Angela, prevedeva la nascita per il pomeriggio. Così, Marco se ne tornò allo studio, ma era talmente ansioso che, non riuscendo a concentrarsi sui pazienti, li affidò al padre e, alle quattro, decise di tornare in clinica. Appena giunto, come una manna dal cielo, vide in fondo al corridoio il ginecologo. Lo raggiunse velocemente e gli chiese notizie di sua moglie.

"Scusi professore, mi sa dare notizie di Angela?" Ed il primario:

"La stavamo aspettando. Vada pure in reparto papà, è una femminuccia! Le troverà entrambe in ottima salute. Anzi... credo che la neomamma stia provando ad allattare la piccolina. Auguri, dottor Presti!"

Marco lo ringraziò frettolosamente e, frastornato, corse prima per un corridoio, poi per un altro: gli sembrava di non arrivare mai! Finalmente in reparto, si affacciò nelle prime due camere, ma non scorse la moglie. Quando arrivò alla stanza n. 3, si fermò sulla porta emozionato: Angela, col viso stanco ma felice, allattava teneramente un cucciolo di bambina. La piccola era bellissima, aveva i capelli biondi e gli occhi verdi di Marco, un visetto tondo dai lineamenti fini, il naso piccolo e le labbra a cuore della mamma.

Il novello papà avvertiva brividi in tutto il corpo, aveva un groppo in gola e, a fatica, tratteneva le lacrime. Angela gli sembrò ancora più bella, con quel corpicino indifeso e tremante tra le braccia. Si intenerì tutto, baciò la moglie e si chinò per dare un bacio sulla fronte anche alla sua piccola Miriam, e poi strinse a sé in un abbraccio entrambe.

"Ecco le mie donne!" esclamò.

La piccola, dopo un quarto d'ora, venne riportata nella nursery dalla puericultrice, che, prendendola in braccio, le disse: "Dai piccola, torniamo al lettino a fare la nanna?"

E poi, rivolta ai genitori:

"È molto bella. La terrei sempre in braccio, per coprirla di baci."

Col sorriso sulle labbra, mamma Angela rispose:

"È vero, anche per me è davvero stupenda ed è persino tranquilla!"

E la puericultrice:

"Che ne dici Miriam? Salutiamo mamma e papà?"

"Certo, mio pulcino" rispose Marco, mentre si accingeva a baciarla e ad avvicinarla alla mamma, che le diede un bacio sulla minuscola guancia:

"A più tardi, piccola donna!"

Marco fece compagnia ad Angela, fino a quando l'infermiera annunciò la fine dell'orario di visita.

Il giorno seguente si presentò in ospedale all'ora di apertura, con un vassoio di paste alla crema in una mano e una bottiglia di champagne nell'altra, per festeggiare, con la moglie, con i medici del reparto e con alcune colleghe di Angela, il lieto evento. Mentre si brindava, giunse il fiorista con un fascio di rose rosse a stelo lungo, tra le quali faceva capolino un biglietto d'auguri con su scritto:

"Sei stata stupenda, ti amo."

Dagli occhi neri e lucidi di Angela, per l'emozione, iniziarono a scendere lacrime che solcarono il suo bel viso, per depositarsi sulla bianca camicia di pizzo, all'altezza del seno.

Imbarazzata, le asciugò rapidamente e mandò un bacio sulla punta delle dita a Marco, che ricambiò con un sorriso d'intesa. Dopo il brindisi, rimasero soli e, a quel punto, Marco sfilò di tasca un cofanetto, si chinò e lo consegnò alla moglie. "Ma tesoro, mi hai riempita di gioielli! Gradisco molto il tuo gesto, ma ciò che mi interessa più di ogni altra cosa è il tuo amore per me, lo star bene insieme." Lui l'accarezzò e questa volta non le diede un bacio furtivo, ma lungo e passionale.

Finita la degenza, la casa si animò dei pianti della piccina, perché la mamma l'allattava senza accorgersi di produrre poco latte, nonostante i suoi sforzi nell'alimentarsi con brodo di gallina e birra che, secondo le credenze ataviche della nonna, avrebbero prodotto più nutrimento. Marco non riusciva a dormire in camera da letto, perché la piccola, che aveva rivoluzionato la sua vita, lo teneva sveglio, ed andava al lavoro sempre stanco, con gli occhi cerchiati. Allora preferì trasferirsi nella cameretta, all'occorrenza aveva sul comodino i tappi per le orecchie e così risolse il problema del sonno. Quando la moglie, dopo una settimana, si lamentò, le rispose:

"Senti Angela, non ho come te il tempo di recuperare il sonno perso quando la bambina si addormenta. Riesci a comprendere che lavoro e devo essere lucido, per far fronte alle varie situazioni? Dunque, non portarmi il broncio!"

E lei:

"Ti comprendo... certo che ti comprendo, ma mi sento abbandonata da te in questo periodo di sfibramento e di adattabilità alla nuova situazione. Ti prego, cerca di capirmi e di non farmi sentire sola."

La notte seguente lui, che aveva creato le condizioni più favorevoli per dormire nella camera attigua, non riuscì a chiudere occhio. Rifletté su quanto aveva detto sua moglie. La sua era una richiesta importante, dovuta allo stress da parto, al conseguente cambiamento di vita ed alle responsabilità da assumere nei riguardi della neonata.

Afferrò, dunque, il messaggio e capì che non si trattava di un capriccio, ma di una richiesta di aiuto. Così, decise che non si sarebbe più estraniato dalla vicenda, ma che avrebbe assunto responsabilmente i doveri di marito, di padre e di pediatra di Miriam. Al mattino si alzò ben presto, entrò in camera e vide la moglie che, per far addormentare la piccola, la teneva in braccio, passeggiando su e giù per la stanza. Gliela prese dalle braccia e le disse:

"Vediamo un po' che cos'ha la mia Miriam. L'hai allattata da poco?" "No, da due ore, l'ho presa in braccio perché piangeva."

"Quindi, ha lo stomaco vuoto."

Si avviò in bagno, in cui avevano aggiunto un mobile bianco, con sopra una ribaltina, che fungeva da fasciatoio e da contenitore di tutti i prodotti per la bimba, compresa la bilancia. Marco sistemò la bilancia sulla ribaltina chiusa e, rivolto alla moglie, disse:

"Per prima cosa prenderemo il peso, prima a digiuno e poi a fine poppata. Annota tu sull'agenda il risultato della pesata."

Ed Angela eseguì diligentemente:

18.06.1979 - Peso prima della poppata: kg. 3.00

"È così che dobbiamo fare, per capire quanto latte beve, perché ho la vaga impressione che il tuo latte non sia sufficiente. Adesso, se è giunta l'ora della poppata, nutrila e poi la ripesiamo."

"Sai che hai ragione? È il metodo che adotto anch'io con i

pazienti in ospedale. Perché mi imbambolo con lei?"

E Marco:

"Perché non vedi le cose obiettivamente, da medico, per cui la tua ansia di mamma prende il sopravvento. Non devi preoccuparti, è del tutto normale."

Poi Marco andò in studio, d'accordo con lei che si sarebbero sentiti più tardi.

La bimba, sfinita, stette attaccata al seno per oltre mezz'ora.

Quando Angela si accorse che stava per chiudere gli occhi, si affrettò a pesarla e si rese conto che aveva bevuto veramente poco, nonostante avesse succhiato tanto da procurarle la mastite. Comprese, allora, che i continui pianti della piccolina erano dovuti allo scarso nutrimento. Dopo averla lavata, cambiata e rivestita, la mise a dormire nella culletta e si ricordò di annotare il peso finale dopo la poppata, che era di kg 3.030. Immediatamente telefonò al marito:

"Pronto Marco?"

"Pronto Angela? Com'è il peso?"

"Ha preso solo 30 g di latte. Avevi ragione."

"Non stare in pensiero! Le darai il tuo latte e completerai la poppata con Nutrilac, un nuovo latte in polvere, che stanno consigliando da poco le aziende farmaceutiche, al quale sono state aggiunte vitamine essenziali per la crescita. Ciao, cara."

"Ok, caro. Ci vedremo a pranzo."

L'intervento di Marco era stato risolutivo e, da quel giorno, Angela non si sentì più sola, perché sapeva di poter contare sul suo uomo, che sicuramente avrebbe protetto lei e la loro bimba.

E finalmente l'incubo delle notti insonni svanì e la famiglia iniziò ad apprezzare la tranquillità domestica.

Per i primi due mesi, Angela aveva accudito da sola la bimba ed era uscita di rado con lei. Solo di sera, quando tornava Marco dal lavoro e l'aria si faceva più fresca, la portava, a volte, a fare una passeggiatina.

Ma la neonata aveva bisogno di tante cure, per cui, non potendo contare sulla presenza di parenti vicini, che potessero sostituirla qualche volta e considerato che avrebbe dovuto riprendere servizio ad ottobre, lei e Marco decisero di assumere una baby-sitter.

L'Ufficio del Lavoro assegnò loro una donna alta e formosa, di nome Adriana, dall'aspetto complessivamente gradevole, dalle gambe robuste e dalle braccia solide. I lineamenti, in un viso rettangolare, delineato da mandibole sporgenti, erano minuti; un affabile sorriso, sulle labbra sottili, le donava grazia e i piccoli occhi neri ispiravano fiducia. All'inizio sembrava strano vederla con quel fagottino tra le possenti braccia, ma la piccola si dimostrava tranquilla e serena, e questo rasserenò tutti.

Nonostante l'aiuto, Angela era sempre presa da mille faccende da sbrigare, in casa e fuori. Certo, aveva riacquistato un po' di autonomia con il supporto di Adriana, ma le responsabilità non venivano meno e, anche quando usciva per poco tempo, non vedeva l'ora di tornare dalla sua piccola.

Era il 29 gennaio, uno dei giorni più freddi dell'anno, i cosiddetti giorni della merla. Il giorno precedente, Marco, tornato in anticipo a casa e saputo da Adriana che la moglie era uscita, chiese alla tata se, per il sabato successivo, sarebbe stata disponibile ad occuparsi di Miriam, oltre l'orario stabilito. Lei, che si stava sempre più legando affettivamente a Miriam ed alla sua famiglia, accettò subito di tenerla fino a tarda sera.

La stessa mattina, Angela era uscita di casa per fare la spesa ma, resasi conto della bella giornata di sole, aveva pensato, dopo aver comprato gli alimenti necessari, latte per la bimba, pane e frutta, di destinare finalmente un po' di tempo a sé stessa. Si fermò ad osservare le vetrine in cui erano già esposti abiti di mezza stagione, in saldo. Ad un certo punto vide riflessa nel vetro la sua immagine, che osservò scrutandosi attentamente, anche di profilo. Sapeva di essere ingrassata di almeno dieci chili, durante la gravidanza, e che ne aveva smaltiti solo tre. Nel vedersi così in carne, si sentì goffa nei movimenti e di colpo si risvegliò in lei il desiderio di riprendere la forma fisica di un tempo. Entrò nel negozio di Elena Mirò, che aveva taglie dalla 46 in su, e decise di provare un abito a fondo bianco, con disegni azzurri asimmetrici e una cintura blu sottile, di pelle, che lo fermava all'altezza del giro vita. Lo indossò e non se lo sentì morbido, ma aderente e, vedendosi allo specchio, ebbe così la conferma che dalla 42 era passata alla taglia 46. Scelse allora un abito per tutti i giorni, che non avrebbe modificato, dopo la perdita dei chili in eccesso. Ultimato l'acquisto, diede un'occhiata all'orologio da polso, che segnava le dodici e trenta. Rimase sconcertata per aver perso così tanto tempo, per cui tornò velocemente all'auto e poi a casa. Lasciò i pacchi a terra e mise la chiave nella toppa, ma, mentre la girava, le si aprì la porta come d'incanto e si trovò davanti il suo Marco, che l'accolse tra le braccia, la spinse lontana da occhi indiscreti sul pianerottolo, accostando la porta di casa, e le sussurrò:

"Auguri, amore mio!"

Lei rimase per un istante senza parole e poi: "Ti sei ricordato? Grazie, amore."

E lui subito aggiunse:

"Direi, però, di non festeggiare l'anniversario del nostro primo incontro questa sera, ma di farlo sabato, perché saremo più liberi." E lei:

"Hai ragione, il sabato sera avremo più tempo e saremo più spensierati."

Marco era solito rientrare a casa alle otto di sera. Quando giunse il sabato stabilito, lasciò al padre la visita dei due ultimi pazienti e, alle sette, aveva già varcato la soglia d'ingresso del palazzo. Il portiere, di origine napoletana, data l'ora insolita gli disse:

"Buonasera dottò. Come mai così presto?

"Buonasera Pasquale, il dovere di marito mi chiama. Stasera porterò Angela fuori a cena."

E lui:

"È accussì che se deve fa'. Buonasera dottò." "Buonasera a lei, Pasquale."

Entrò in casa e si meravigliò che fosse avvolta nel silenzio. Subito pensò che la bimba stesse dormendo ed in effetti Angela gli andò incontro con il dito sulle labbra, chiedendogli di non far rumore. Lui le si avvicinò e le sfiorò le labbra, come faceva sempre al suo rientro, poi le disse:

"Dai su, preparati! Voglio che indossi un bell'abito stasera."

E lei, ignara della cenetta a due:

"Perché, non ceniamo a casa? Pensavo che portassi qualcosa di pronto." E lui:

"No. Preparati che usciamo, ma non mi far attendere per troppo tempo, come sei solita fare!"

E lei:

"Mi preparo in un attimo."

La scelta dell'abito elegante non era però così semplice. Ne misurò uno blu con la zip fino alla vita, ma non passava ai fianchi, poi un altro, di Blu Marine, a fiori dai petali glicine e viola, bordati di nero, ma esibiva il suo pancino. Provò a riflettere per un po' e si ricordò che aveva tenuto a battesimo una bimba, figlia di cari amici, quando era al quarto mese di gravidanza, e subito cercò nell'armadio l'abito indossato in quell'occasione.

Lo provò in men che non si dica: le andava più stretto di quando l'aveva comprato, però si accorse che la valorizzava più di prima. Era nero, di lana, con maniche lunghe e molto attillato, semplice ma elegante, con in vita un fermaglio rettangolare di metallo lucido. All'abito abbinò un collier Morellato, con catena a maglie medie e con gocce di metallo, incastonate fra otto diamantini, che si adagiavano nell'incavo del seno. Prese, poi, una borsa nera lucida di Armani e scarpe a riporto, sempre lucide. Ultimo tocco: il gloss di un rosso lucido sulle labbra ed un filo di matita nera sulle palpebre. Quando fece il suo ingresso nel salone, Marco si alzò per osservarla meglio e rimase estasiato nel vederla in forma, quasi come prima della gravidanza:

"Stai proprio bene cara e… devo dirti che mi piace anche il tuo abito."

"Grazie, mi fa piacere che ti piaccia."

Indossò il cappotto nero, con un collo avvolgente di visone black ed era pronta per uscire. I due genitori in libertà salutarono con un bacio Miriam, fecero le ultime raccomandazioni alla tata e chiusero la porta alle loro spalle.

Lui le cinse col braccio le spalle e scesero per le scale. Giunti al portone, videro che forse avevano scelto la giornata peggiore per rilassarsi e divertirsi, perché il tempo non era affatto clemente. Il cielo era avvolto da un manto grigio di nubi, che lasciava presagire l'arrivo di una tempesta di neve. Diressero entrambi lo sguardo al cielo, che aveva già iniziato a mandare giù i primi fiocchi, i quali cadevano, oscillando in modo cadenzato, sotto la luce del lampione. Dopo qualche attimo di esitazione, lui la prese a braccetto e corsero verso la BMW nera, parcheggiata all'altro lato della strada. Trovarono un unico posteggio in piazza, a pochi metri dal locale. Al ristorante, il gestore, che li conosceva, aprì loro la porta a vetri, li salutò cordialmente e li lasciò al cameriere, perché li accompagnasse al tavolo riservato apposta per loro. Il cameriere tirò indietro la sedia, per far sedere Angela, e fece lo stesso con Marco. Tutto era stato curato nei minimi dettagli: il tavolo a due posti all'angolo, la candela accesa, posta al centro del tavolo, per illuminare fiocamente i loro visi, la rosa color vermiglio adagiata sul piatto di Angela e la bottiglia di Moët Chandon, avvolta nel tovagliolo bianco di fiandra damascata, per il brindisi.

Lui versò lo champagne nella coppa di Angela, poi lo versò per sé, avvicinò il suo bicchiere a quello di lei, facendoli tintinnare, e si baciarono. Prese poi la rosa scarlatta e gliela donò, mentre riavvicinava le sue calde labbra a quelle di Angela, in un bacio pieno di passione. Sui loro volti, per tutta la durata della cena, si rifletteva una magica luce, che conciliava sguardi d'intesa e carezze, che facevano loro sognare una vita insieme, sempre unita nell'amore.

All'uscita dal locale, il cielo era divenuto bianco e rovesciava nell'aria una moltitudine di straccetti di neve. Angela fece per scendere il gradino del marciapiede e scivolò. Per fortuna si era avvinghiata al solido braccio di Marco, che sbandò lievemente, ma fu in grado di sorreggerla.

L'auto era gelida, ma Marco mise in funzione il climatizzatore, che dopo qualche minuto cominciò a scaldare l'abitacolo e, all'insaputa di Angela, partì alla volta di un locale in cui si ballava il tango argentino. Intanto i fiocchi, cadendo a terra, si scioglievano sull'asfalto bagnato, altri si depositavano sul tergicristallo, creando qualche difficoltà al conducente, che usava continuamente le spazzole per poter vedere la strada. Ad un certo punto, Marco svoltò a sinistra ed imboccò la statale. Angela cercò di scrutare dai vetri e si accorse, solo in quel momento, che suo marito non stava percorrendo le strade di città.

"Marco, ma dove stiamo andando? Non è certo questa la strada di casa nostra!"

"Abbi ancora un po' di pazienza e vedrai."

Lasciarono alle spalle la strada statale e videro un palo, con l'insegna luminosa "Ballo argentino" che indicava un locale situato in una stradina di campagna. Il gelo dell'inverno l'aveva in certi punti avvallata e si erano formate alcune pozzanghere, che la rendevano poco praticabile. Dopo circa due chilometri, dal buio spuntò, tutta illuminata, un casa bianca ad un piano, dal tetto spiovente e con una recinzione perimetrale. Un viale alberato ne segnava l'accesso e più avanti, a destra, un parcheggio di legno, dal tetto verde, riservava ancora qualche posto libero. Marco fece scendere Angela, che aprì l'ombrello per ripararsi dal maltempo, mentre lui parcheggiò al centimetro, per non graffiare le due auto adiacenti. Poi la prese a braccetto e fecero l'ingresso nel bar, per poi accedere alla sala da ballo, gremita di coppie giovani e di altre più avanti negli anni. Una musicista, con le sue leggiadre dita, faceva sprigionare dal piano dolcissime note musicali e intonava un canto, che si espandeva nell'aria festosa. Ad ogni fine ballo, le coppie, stanche, abbandonavano la pista per sedersi, mentre altre, tenendosi per mano, avanzavano verso il centro della sala. Tra queste, Marco e Angela, che assunsero la postura giusta per iniziare il ballo. I tacchi indossati da Angela erano poco adatti, ma lei non si arrese e ballò per due ore.

Ad un certo punto, l'orologio del locale scandì le due di notte. Era tardissimo! Recuperarono i loro cappotti al guardaroba ed uscirono dalla balera. La neve aveva smesso di cadere, nonostante il cielo fosse ancora bianco.

E Angela:

"È possibile che durante la notte nevichi ancora e che domattina troveremo un manto bianco ad avvolgere la città."

"È possibile. Quando la temperatura si alza, di sicuro nevica" le rispose Marco.

Rientrarono nella loro calda ed accogliente dimora. Si diressero in salotto e trovarono la baby-sitter appisolata sul divano, coperta dal plaid. Venne svegliata da Angela che la invitò a restare e l'accompagnò nella camera degli ospiti. Prima di andare a dormire, Angela e Marco diedero un bacio alla loro piccola, che dormiva abbracciata alla sua copertina di raso. Tutto era andato come previsto. Marco le aprì la porta della camera e la lasciò entrare, poi la seguì, con una mano chiuse la porta e con l'altra l'afferrò, mentre era voltata di spalle, l'attirò a sé e l'accarezzò. Le aprì quindi la zip dell'abito e lei gli sbottonò la camicia bianca, che emanava un profumo di fresco, mentre i loro corpi si accesero di desiderio e diventarono uno solo.

La mattina di domenica si alzò lui per primo e le diede un tenero bacio. Lei, come in un sogno, si accorse appena di essere stata sfiorata. Allungò il braccio verso il posto di Marco, lo cercò ripetutamente con la mano, ma, non trovandolo, si svegliò, indossò la vestaglia di caldo pile e lo raggiunse in cucina. La baby-sitter e la bimba dormivano ancora. Lo vide voltato di spalle, intento a versare il thè per sé e per lei. Gli circondò i fianchi in un abbraccio.

"Buongiorno, amore."

Lui si voltò:

"Buongiorno piccola, ben alzata."

"Ti ho osservato in silenzio per qualche minuto. Grazie per aver preparato la colazione" gli disse lei.

"So di averti viziata, ma ciononostante la preparo volentieri."

La tavola era stata accuratamente imbandita: tovagliette di rafia di un luminoso verde chiaro, con abbinati tovaglioli di cotone, tazze da thè di vario colore, piattini e posate ad ogni posto e, al centro della tavola, una fruttiera col piedistallo d'argento e la coppa di vetro riempita di frutti dai diversi colori, che davano allegria. Angela e Marco si erano appena messi a sedere, quando fece il suo ingresso Adriana, con Miriam in braccio, ambedue pronte per la colazione. Papà Marco aveva pensato anche al biberon della piccina, che aspettava ben caldo nel thermos. Fecero colazione tutti insieme e poi si spostarono in salotto, dove Miriam preferì il calore delle braccia materne a quelle di Adriana, che colse il momento buono per andare via. Dopo un po' di coccole alla bimba, Marco sfogliò il quotidiano del giorno prima, mentre Angela, con Miriam in braccio, si posizionò dietro a un vetro del balcone, per rendersi conto di come fosse il tempo e, rivolta a Marco, disse:

"La tua previsione è stata giusta: hai visto fuori? C'è una coltre di neve."

"Ah sì? Mi sono dedicato alla colazione e non ho avuto il

tempo di guardare. Fa> vedere." Si alzò dal divano, lasciando il giornale aperto alla pagina che stava leggendo, e si avvicinò ai vetri, per scrutare fuori.

Di notte, tutto si era ricoperto di neve, rendendo oltremodo suggestivo il paesaggio: strade, auto, tetti, alberi, persino il campanile della chiesa, sembravano vestiti a festa.

Si era ormai a fine marzo ed in casa Presti regnava la magica armonia di sempre. Il tempo era ancora variabile, ma quella mattina il cielo era limpido ed il sole lo rendeva ancora più azzurro. Angela aveva indossato un tailleur blu elettrico, che sembrava intonarsi all'azzurro del cielo, da cui si intravvedeva appena il collo della camicia bianca.

In ospedale, stava visitando una bimba durante il turno, quando avvertì un forte capogiro ed ebbe appena il tempo di dire all'infermiera che stava con lei:

"Mi sento ma...", che cadde, priva di sensi, riversa a terra. L'infermiera suonò tempestivamente il campanello e, dopo qualche istante, era già stata soccorsa e adagiata su un lettino. Uno dei medici più anziani le diede due schiaffetti in viso, per farla riprendere. Lei aprì gli occhi, guardandosi intorno disorientata. A mano a mano che i contorni dell'ambiente riapparvero nitidi disse:

"Come mai sono sdraiata sul letto?" E il medico:

"Sei svenuta e siamo stati noi ad adagiarti sul letto e ti abbiamo dato piccoli schiaffi al viso."

E Mario, suo collega: "Scusa l'indiscrezione, ma non è che tu sia in dolce attesa?" Angela si fece pensierosa:

"È possibile che la tua supposizione sia giusta. In effetti stiamo tentando di avere un altro figlio, perché Miriam ha nove mesi e potremmo crescerli insieme, per essere più liberi dopo."

"Ma brava! Se è così è una bella notizia e... noi ci prepareremo ad accogliere il nascituro." Dopo un lieve imbarazzo,

Angela aggiunse:

"È anche vero che in questi ultimi giorni mi sono divisa tra vari impegni e mi sono occupata poco di me e, quando mi trascuro, il mio organismo reclama."

A quel punto, il professor Landi le diede il permesso di andare a casa, raccomandandole di riposarsi per qualche giorno. Appena fuori dall'ospedale, telefonò a Marco, ma non ebbe risposta.

A casa si sdraiò sul divano, decisa a riposarsi per una mezz'ora, ma la colse il sonno e si svegliò di soprassalto alle tre del pomeriggio. Fece per alzarsi, ma il mondo le girava intorno. Si mise di nuovo supina e solo allora si accorse che Marco non era rincasato. Attivò la segreteria telefonica e sentì un suo messaggio:

"Non torno a pranzo a causa di un improvviso impegno di lavoro. Un bacio. A stasera!"

In un anno e mezzo, era la prima volta che suo marito non rientrava a pranzo. Si guardò intorno.

La casa era vuota e le infondeva un profondo senso di solitudine. Miriam dava molta allegria all'ambiente con i suoi pianti ed i suoi sorrisi e Marco, quando rientrava in casa, la metteva sulle sue gambe muscolose e ci giocava facendola ridere. Ancora stordita e priva di forze, si alzò piano dal sofà e si diresse in toilette, estrasse dall'armadietto la provetta con il test di gravidanza, lo effettuò e si sdraiò nuovamente, in attesa di conoscere l'esito. Dopo mezz'ora controllò la colorazione: il pronostico era esatto e sarebbe stato confermato il giorno seguente con le analisi di laboratorio.

Si sentì felice del risultato. Iniziò ad immaginare la casa piena di strilli, con l'arrivo di un altro bimbo. La sua contentezza un po' svanì quando le venne in mente l'angoscia del parto e l'insicurezza dell'esito. Si disse, per rassicurarsi, che, affidandosi al suo bravo ed esperto ginecologo, non avrebbero rischiato né lei, né il nascituro. Telefonò ancora una volta a Marco, ma non riuscendo a parlargli decise che glielo avrebbe comunicato a cena. Lui però rientrò a mezzanotte e lei, stanca per gli avvenimenti del giorno, dopo aver messo a dormire la piccola, si era messa presto a letto e, assalita dalla stanchezza, era crollata e non lo aveva sentito rincasare. La mattina seguente lui si alzò prestissimo, come era solito fare, si preparò ed alle sette e mezza, dopo la colazione, andò allo studio.

Lei rimase a letto più del solito. Aveva usufruito solo venerdì del congedo ordinario, perché il sabato era il suo giorno libero. Quando si svegliò, alle otto, si accorse che stava arrivando la tata di Miriam e che Marco era già uscito, per cui non era ancora riuscita a comunicargli la novità.

La giornata si presentava bella, ma ventosa. Adriana preparò in fretta la piccola. Poi fecero tutte e tre colazione ed uscirono per condurre Miriam al parco. Percorsero il lungo viale dei tigli, tra l'inebriante profumo dei fiori che si spandeva nell'aria, mosso dalla brezza. Il parco, unico polmone verde dei dintorni, attorniato da alti palazzi di cemento, ospitava sulle panchine, sotto gli ombrelli di pini in germoglio ed odorosi di resina, genitori e nonni alle prese con figli e nipoti, mentre altri discorrevano passeggiando per i viali. Angela e Adriana percorsero il sentiero perimetrale e, mentre parlavano di ricette, di mariti e di problemi femminili, si accorsero d'aver camminato per più di un'ora e che Miriam, cullata dal movimento del passeggino, stava dormendo placidamente, con la testolina riversa da un lato. Allora si sedettero, per sistemarla in una posizione più confortevole e per trovare un po' di ristoro. Tornate a casa, Adriana, approfittando del sonno di Miriam, mise nella casseruola acqua, pollo, prezzemolo e, a metà cottura, polvere di noce moscata, per preparare il brodo in cui cuocere la pastina per Miriam. Intanto Angela preparò la verdura e, dopo averla scolata, la tagliò a pezzetti e l'aggiunse al brodo di pollo, riportandolo in ebollizione. Vi aggiunse due uova sbattute, insieme ad una buona manciata di parmigiano, e la stracciata per Adriana e per loro era pronta. Adriana imboccò la piccola, la mise a letto e le augurò una buona giornata. Angela apparecchiò con cura ed alla fine, stanca, si rilassò sul sofà in attesa del suo Marco, che rientrò a pranzo puntualmente. Si diedero un furtivo bacio e presero posto a tavola. Nel gustare la pietanza, Marco si complimentò con lei e, a quel punto, Angela pensò che fosse giunto il momento giusto:

"Sai, caro, ho fatto le analisi in provetta. Vuoi sapere il risultato?"

"Mi vuoi dire che sei incinta?"

"Ebbene sì, caro; avrei voluto dirtelo ieri, ma sei stato irreperibile per tutto il giorno!" Lui rimase a riflettere per un po' e poi:

"È davvero una bella notizia!" e la baciò, ma con poco slancio.

Angela, che colse il suo scarso entusiasmo, rifletté sull'assenza del giorno prima e lo giustificò:

"Si sarà così stancato ieri, nell'incontro di lavoro, che oggi non riesce ad esultare di gioia o forse è meno entusiasta, perché si tratta del secondogenito."

Poi lui la condusse per mano in salotto, si sedettero uno a fianco dell'altra e, mentre la baciava e le accarezzava i capelli, si addormentarono abbracciati sul divano.

Nel corso dei giorni, la freddezza di Marco divenne un episodio ormai archiviato nella mente di Angela.

Trascorsero in fretta quei mesi di gravidanza, la piccola Miriam cresceva e lei si era messa in astensione obbligatoria dal lavoro, per maternità. Si sentiva sola, senza familiari che le dessero un mano, ma lei pensava soprattutto alla sua nuova famiglia, nella quale credeva molto e sulla quale riversava tutte le sue attenzioni.

Solo che in quegli ultimi tempi, distratta dai preparativi per la nascita del secondogenito, non si avvedeva che qualcosa le sfuggiva di mano. Marco rientrava sempre più tardi al giovedì e lei pensò che si intrattenesse col padre per risolvere problemi di organizzazione dello studio, oppure che si fermasse a cena fuori con qualche informatore farmaceutico.

Era giunto ottobre e mancava un solo mese al parto. Nonostante il peso del piccolo che portava in grembo, Angela si alzava alle sette del mattino, perché alle sette e mezza suonava il citofono: Adriana arrivava di buon'ora, per preparare Miriam e condurla all'asilo nido, dove andava a riprenderla all'una, per riportarla a casa per il pranzo. Miriam era una bambina esile e mangiava poco al nido. Inizialmente Angela pensò che, dopo un po' di tempo, si sarebbe adattata all'ambiente e avrebbe mangiato come tutti gli altri bimbi della sua età, ma non fu così. Allora aveva deciso di farla tornare a casa per pranzo e le preparava ogni giorno un gustoso piatto da farle gustare. Riusciva ad imboccarla, mentre le raccontava qualche favola, imitando il verso degli animali. Per catturare la sua attenzione le diceva:

"Allora Miriam, come ha fatto il lupo?"

E lei ripeteva:

"Uhuuuuu."

Poi andava avanti nella narrazione e, per darle un altro boccone, ricorreva al verso di un altro animale: la piccola si entusiasmava ed apriva la bocca, inghiottendo il boccone che la mamma le avvicinava, mentre batteva sul seggiolone il cucchiaio più volte, in segno di approvazione.

Una mattina Angela si alzò all'ora solita e, come sempre, aprì le imposte della camera che Marco, nonostante si fosse alzato alle sei, aveva lasciato chiuse per non svegliarla. Entrò in cucina, che aveva messo in ordine la sera prima, e versò il thè dal bollitore nelle tazze, che fumavano bollenti sulle tovagliette della colazione, al centro delle quali aveva posato la fragrante torta di frutta sfornata il giorno precedente. Alle otto la casa si svuotò e rimase sola. Dopo aver sistemato tazze e piattini in lavastoviglie, si accinse a prepararsi per la solita passeggiata al parco con le amiche, che, prima di rientrare, avrebbe concluso con la visita in chiesa, dato che era il mese della Madonna.

Uscita dal portone scrutò il cielo: era una bella giornata di sole, ma si sentiva il fischio del vento del nord, che aveva abbassato la temperatura di qualche grado. Pensando che la giacca di cotone sull'abito prémaman fosse leggera, risalì per indossare l'impermeabile che l'avrebbe coperta per intero ed il foulard, per dare un po' di colore all'abbigliamento.

Percorrendo il viale dei tigli, vide le sue amiche sedute sulla panchina a conversare. Più si avvicinava e più si faceva persistente l'odore di resina dei pini, che circondavano il monumento ai caduti di tutte le guerre. Le salutò e si sedette con loro. Mentre le ascoltava, le venne in mente il delicato odore di rose, nel viale della villa al suo paese, quel giorno in cui Luca la tenne stretta a sé e le diede il suo primo vero e tenero bacio, al quale lei non si sottrasse, facendosene complice, e al quale, da quel giorno, seguirono tanti altri. Ad un certo punto, Paola spezzò l'idillio del ricordo remoto, ma ancora dolce nel suo cuore, per farla intervenire sui fatti del '78 e sul caso Moro, che stava ancora turbando gli animi.

"Angela, che cosa ne pensi di quello che è accaduto a marzo dello scorso anno? Sbaglio o era delle tue parti un agente della scorta di Moro?"

Richiuse lo scrigno dei cari ricordi del suo amato e tornò alla realtà.

"Sì, era delle mie parti, addirittura del mio paese e del quartiere di mia nonna, poco più su di casa mia. Era un ragazzo formidabile, pieno di vita. Qualche volta ci incontrammo al paese, quando io vi facevo ritorno da Firenze e lui da Roma. Avevo solo due anni più di lui. Una volta, mentre andavo a salutare nonna Teresa, in prossimità dell'asilo comunale, lo incrociai a poca distanza da casa sua e mi parlò del suo incarico come agente della scorta di Aldo Moro, del quale andava fiero. Meno di un mese dopo, partecipai al suo funerale di Stato, esattamente il 16 marzo dello scorso anno. Era diventato un eroe, che si era battuto fino all'ultimo, per quell'ideale di democrazia nel quale credeva fermamente. Volli partecipare al funerale, dal momento che mi trovavo a casa dei miei per qualche giorno, nonostante non riuscissi a stare in piedi per la gravidanza di Miriam, tant'è che in chiesa rimasi seduta tutto il tempo, fino alla fine della messa. Lo piansi come un mio fratello durante la funzione, alla quale resero gli onori, in rappresentanza dello Stato, il Ministro dell'Interno, il Presidente della Regione ed il Sindaco con la giunta. Quando torno al paese e mi reco al cimitero a portare i fiori ai miei defunti, mi soffermo sempre a pregare sulla sua lapide."

E Paola:

"Deve essere stato un duro colpo per la famiglia."

"Lo fu. La madre non si riprese più da quel giorno, sembrava una donna più anziana della sua età, senza più scopo nella vita, solo in attesa della fine dei suoi giorni."

Dopo una lunga pausa di silenzio, rotta solo dalle voci di anziani e dalle urla di bimbi intenti al gioco, l'orologio del campanile annunciò coi suoi rintocchi le dodici: era ora di correre a casa! A quel punto, le amiche si salutarono e si promisero che si sarebbero ritrovate il giorno seguente.

***

Il parto era previsto per i primi di novembre. Ormai Angela si alzava a fatica: la sua esilità non sopportava quel peso. All'ultima visita, il ginecologo le aveva prescritto tre punture antiemorragiche e riposo assoluto. La mattina del 30 ottobre, avvertì forti fitte all'addome e pensò che fossero una reazione al farmaco, ma poi più niente. Dopo una mezz'ora, ripresero e decise di stare a riposo, fino a quando non fossero scomparse, e così accadde.

Intanto aveva approntato il corredino e, non potendo sapere se fosse un maschietto o una femminuccia, aveva scelto dei colori pastello.

La mattina seguente si sentì in forma ed accettò l'invito a cena dei suoceri. La serata trascorse senza problemi. Dopo la gustosa cena preparata da Anna, la cameriera, si trasferirono in salotto, per gustare il dessert e per fare pronostici sull'arrivo del maschietto o della femminuccia, quando avvertì qualche fitta. A un certo punto, si congedò da loro, perché si sentiva molto stanca. I suoceri accompagnarono lei e Marco alla porta e la salutarono con affetto, raccomandandole di riguardarsi:

"Lascia che Adriana sistemi la casa e tutto il resto. Riposati e vedrai che tutto procederà bene." Il suocero le diede un buffetto sulla guancia.

Il riposo fu salutare, perché non sentì più niente nei giorni a seguire. Si disse che tutto era dipeso dall'effetto collaterale del farmaco.

Il mattino del 5 novembre si svegliò alle sette e mezza, con la sensazione di essere bagnata. Marco la salutò con un bacio in fronte, ammonendola di stare il più possibile a letto e di telefonargli in caso di urgenza. Sentì chiudere l'uscio e, confortata dalla presenza della mamma e della nonna, arrivate dal Molise per aiutarla, chiuse gli occhi e pian piano si riaddormentò. Nel frattempo Adriana era uscita, per portare la bimba al nido, e mamma Clelia era intenta a preparare la colazione. Angela si svegliò di soprassalto e si rivolse alla nonna, che le era seduta a fianco e che non aveva distolto lo sguardo da lei neanche per un attimo:

"Nonna, nonna, mi sento tutta bagnata!"

"Figlia mia, è giunto il momento di far vedere la luce a questo bimbo." "Nonna, vuoi dire che sto per partorire?"

"Sì, stella, hai già avuto una bimba, non temere."

Nonna Clara compose il numero di Marco e gli disse di portare Angela di corsa in ospedale. Poi chiamò Clelia e le disse:

"Aiutala a prepararsi, poi prendi la valigia, perché sta arrivando Marco per condurla in ospedale." E la mamma, preoccupata per la figlia, ma nel contempo gioiosa per l'arrivo di un altro nipotino: "Angela, dai mamma, alzati in piedi e reggiti a me."

E lei:

"Mamma ho paura. Che dici? Andrà bene?"

"Ma che vai a pensare? Non sei né la prima né l'ultima. Andrà tutto bene, vedrai." "Mamma vieni anche tu?"

141

"Certo che vengo, non ti lascerò, starò con te tutto il tempo. Piuttosto cerca di stare tranquilla."

Marco corse per le stradine a più non posso. Quando arrivò al Pronto soccorso, due infermieri aiutarono Angela a sedersi sulla sedia a rotelle e la accompagnarono, in ascensore, al terzo piano. La situazione si presentava difficile, il nascituro si era girato negli ultimi giorni e il parto sarebbe stato podalico. I medici, a quel punto, ebbero qualche attimo di tensione, perché non riuscivano a decidere se praticarle il taglio cesareo, che in prima analisi avevano scartato, e tempo a disposizione non ce n'era. Decisero quindi di farlo nascere per via naturale, col rischio di soffocamento per il piccolo e di cedimento della madre, per il troppo sforzo. A quel punto, il ginecologo, che l'aveva in cura, ebbe un improvviso impeto di coraggio e disse alle infermiere:

"Preparate immediatamente la sala operatoria."

Poi, rivolto ad Angela, la quale lo guardava con gli occhi sgranati, temendo il peggio: "Vediamo di far nascere in breve tempo questo bimbo vivace!"

Osservando la posizione del nascituro, il ginecologo si rese conto che non sarebbe nato spontaneamente, così inflisse ad Angela un lungo taglio e spinse forte sulla pancia, per facilitarne l'uscita, mentre la partoriente, tra vari lamenti, veniva incitata a spingere il più possibile.

E mentre lei, sudata per gli sforzi ed assalita dalla stanchezza, gridò:

"Non ce la faccio più, muoio!" il medico la incitò:

"Non si arrenda, forza! Ancora una spinta…"

Madida di sudore e rossa in viso, ormai all'estremo delle forze, lei ubbidì.

E fu davvero l'ultima spinta, la più faticosa, quella che riempì la stanza d'allegria, ai primi vagiti di una nuova vita.

Alle cinque e trenta era nato un bel maschietto: bruno, con gli occhi di un blu indefinito, un viso tondo come una mela ed il corpicino grassoccio.

Nonostante fosse sfibrata per l'estenuante sforzo, Angela si sentì sollevata e desiderosa di vederlo. Glielo mostrarono nudo, appena lavato e con la testa in giù come un leprotto. Le diedero il tempo di un bacio e lo portarono via per lavarlo e abbigliarlo. Dopo mezz'ora, completati i punti di sutura, la spostarono nel lettino della stanza 2, dove trovò Marco ad attenderla.

"Marco…" disse.

Lui attese che le infermiere la sistemassero nel lettino e se ne andassero, per stringerla a sé e baciarla, dicendole:

"Sei stata bravissima. Adesso devi pensare a te, perché il bimbo è in buone mani."

"L'hai visto? A chi somiglia?" gli chiese lei.

"È troppo piccolo per le somiglianze, lasciamolo crescere un po'. Di sicuro si può dire che è un bel bimbo. Adesso hai bisogno di riposo."

E, accarezzandole i capelli: "A stasera, cara!"

"Prenditi cura di Miriam. A stasera!"

Clelia, dopo aver ringraziato il medico e Rosa, l'ostetrica, raggiunse la camera di Angela e per poco non si scontrò con Marco, che le disse:

"Stavo pensando di venirti incontro, per portarti a casa."

E Clelia: "Solo cinque minuti per salutarla e andiamo via."

Fu di parola. A casa li attendeva un buon brodo di pollo, con polpettine e quadrucci fatti in casa dalla nonna, che ne mise un po' da parte, da portare in ospedale per Angela. Aveva preparato quel piatto per tutti, ma soprattutto per Miriam, alla quale piaceva molto.

Marco uscì nel tardo pomeriggio con la bambina, per recarsi nella gioielleria di famiglia. Poi, verso le sette, andarono da Angela:

"Dove ti sta portando papi?" "Da mamma."

"E poi da chi ?" "Da Antonio."

"E Antonio chi è?" "Il mio fratellino."

Rispose orgogliosa Miriam.

Miriam entrò nelle stanza, riconobbe la mamma e corse verso di lei.

Quando Angela si accorse della visita inattesa di quello scricciolo di donna, con un mazzo di rose più grande di lei, si commosse ed un groppo le strinse la gola, tanto da non consentirle di parlare per qualche istante, e poi:

"Chi è venuta a trovare la sua mamma, chi?"

"Tieni mamma."

"Regali tu le rose alla mamma?" "Sì."

Il papà sorrise nel guardare la sua piccola: "Glielo dai un bacio alla mamma?" "Sì."

E mentre Miriam si arrampicava sul letto, Marco la prese e la mise a sedere accanto ad Angela. Poi le disse: "Guarda che cosa regala papà alla mamma!"

Un cofanetto blu, col nastrino celeste, conteneva una spilla con una coroncina di smeraldi e tre brillanti di medie dimensioni, che rilucevano al sole, emettendo piccolissimi lampi di vari colori, che accentuavano la luminosità del gioiello. Miriam, nel vederlo, domandò:

"Papi, è mio?"

"No, piccola, è della mamma, il suo regalo per la nascita di Antonio. Da grande anche a te verrà regalato."

Angela, nel vederlo, rimase per un attimo senza parole e poi i suoi begli occhi neri si fecero lucidi:

"È bellissima, no, non dovevi. Avrai speso una fortuna!"

"Mi hai reso padre di un bel bambino: è solo per dirti... grazie."

I loro sguardi si incrociarono, mentre i loro sorrisi si spensero per un lungo bacio. Miriam li riportò alla realtà, tentando di dividerli:

"Mami, papi, che fate?"

Entrambi risero e la abbracciarono, formando il gruppetto familiare. "Miriam, vuoi conoscere il fratellino? Eccolo, è arrivato."

La nurse consegnò ad Angela il piccolo Antonio:

"Tra venti minuti verrò a riprenderlo. Prova ad attaccarlo al seno."

Miriam cominciò ad accarezzare il piccolo sulla testa e sulle guancine. Marco la portò poi a vedere gli altri neonati, per consentire ad Angela di allattarlo.

In quel momento entrarono nella stanza la mamma Clelia e la nonna Clara che, alla vista del neonato, iniziò a dire:

"Somiglia a te quando eri piccola."

Poi arrivò la suocera che esclamò: "È tutto Marco!"

Le rivalità tra le due famiglie si acuirono per un solo istante. Ma Flora, delusa che la nuora non avesse dato al piccolo il nome del marito, aggiunse:

"Perché non gli hai dato il nome di mio marito?"

A quell'attacco rispose Marco, che era appena tornato con la piccola:

"Mamma, papà è vivo e basta il suo nome." La zittì in un attimo, mentre Angela non diede alcuna risposta, lasciando il figlio a sbrigarsela con la madre.

Antonio cresceva più sano e più forte di Miriam. Mangiava e dormiva. Piangeva soltanto quando doveva essere soddisfatto nelle sue esigenze fisiologiche e perciò aveva dei salsicciotti al posto di gambe e braccia.

Marco andava orgoglioso dei suoi figlioli, in special modo del maschietto, perché avrebbe portato avanti il suo cognome, e della moglie, tanto da assumere con impegno il ruolo di marito e di padre. In alcuni momenti gli capitò di pensare a ciò che gli era accaduto con Amalia e si convinse che si era trattato di un momento di debolezza. Non a caso aveva scelto Angela come donna della sua vita e come madre dei suoi figli. Si disse che mai avrebbe riaperto la porta all'altra, per la quale non provava nessun sentimento, se non attrazione fisica. Era felice con la sua famiglia e godeva dei momenti di crescita dei figli.

***

Era il primo giugno, e già in casa si avvertiva un senso di calore. Quella mattina Miriam, che aveva ventitré mesi, era pronta per l'asilo nido, mentre Antonio, che ne aveva sette, si era lamentato tutta la notte.

Angela si era alzata più di una volta, per capire che cosa lo disturbasse, e l'aveva trovato con la manina in bocca, piena di bava. Gli aveva dato il succhiotto imbevuto di miele e, per un po', il piccolo si era calmato. Nelle prime ore dell'alba aveva ripreso a lamentarsi. Allora Angela l'aveva preso in braccio e, per non svegliare gli altri, aveva iniziato a fare su e giù per la sala, con la speranza che riprendesse sonno, ma invano. A quel punto, preso un plaid, lo stese sul divano e mise al suo fianco il piccolo che, dopo un po', stanco, riprese sonno.

Quando alle sei e mezza Marco si svegliò, vide il posto della moglie vuoto, indossò la vestaglia, la cercò nelle altre stanze e fu colto da un senso di tenerezza, nel veder dormire mamma e figlio abbracciati. Preparò la colazione e poi la svegliò, accarezzandole i capelli e sfiorando con un bacio la fronte del piccolo.

Lei si alzò lentamente, per non svegliare il bimbo, ed andò in cucina a fare colazione. Era frastornata ed il viso evidenziava i segni della notte insonne. Poi si rivolse a Marco:

"Credo che le gengive di Antonio si stiano tagliando per far spuntare qualche dentino. L'ho visto rosso in viso. Vuoi controllare che non abbia un po' di febbre? Si è lamentato quasi sempre durante la notte e per questo mi sono messa con lui in salotto, per farvi dormire." Marco gli mise la mano sulla fronte e mosse la testa in segno di approvazione. Rientrò dopo qualche minuto in cucina:

"Hai ragione, cara, ha la febbre a trentotto ed è probabile, come giustamente hai detto, che debba spuntargli qualche dente. Bisogna mettergli una suppostina di tachipirina adesso ed un'altra stasera. A Miriam sono spuntati a cinque mesi due dentini, a lui a sette; da chi avrà preso?"

"Miriam ha preso da me. Mia mamma mi ha ricordato tempo addietro che sono stata precoce nel mettere i denti, più tardiva nel camminare. Ha aggiunto che una volta ai bimbi venivano fasciate le gambe sin dalla nascita e poi veniva infilato in una sorta di sacco, realizzato in cotone. I più fortunati, che compivano un anno o poco più con l'arrivo dell'estate, venivano sfasciati per iniziare a camminare."

E continuò:

"Credo che tu possa andare allo studio. Ho accumulato al lavoro sei giorni di ferie e ne prenderò uno oggi, a patto che tu porti Miriam al nido, perché Adriana deve sbrigare alcune faccende e non verrà stamattina."

"Ok. Se hai bisogno di me, telefonami."

Lei lo accompagnò alla porta e sull'uscio, come sempre, lui la salutò con un bacio sulle labbra.

Angela diede la poppata al piccolo, che bevve meno della metà, lo lavò e, prima del cambio del pannolino, gli somministrò il farmaco, poi gli fece indossare la tutina e lo mise a dormire. Antonio era molto provato e non fece storie per prendere sonno. Per prima cosa Angela telefonò in reparto, lasciò detto all'infermiera di riferire che avrebbe fruito di un giorno di riposo e si sentì finalmente libera. Spostò la tenda e vide che le strade si stavano animando: impiegati che correvano verso la fermata del tram, liberi professionisti che sfrecciavano nelle loro auto, bambini che prendevano posto sullo scuolabus ed anziani che uscivano per la spesa o per riscuotere la pensione. Era un brulicare di gente, come l'andirivieni delle api laboriose, e si rese conto che lei faceva parte di quel brulichio mattutino, anche se per una volta ne era esonerata. Le strade erano bagnate e comprese che durante la notte era piovuto. Scrutò il cielo di un colore grigio perla, illuminato da un pallido sole coperto a tratti da banchi di nubi che, aprendosi, lasciavano intravvedere sprazzi di azzurro, mentre il vento del nord si infilava sibilando attraverso le imposte chiuse. L'estate era alle porte e il clima stava cambiando. Si affrettò ad aprire le finestre per rinnovare l'aria. Poi, approfittò della siesta di Antonio, per appisolarsi anche lei in modo da smaltire la stanchezza. Si svegliò dopo un'oretta, accarezzata dal caldo tepore della stanza e, per associazione, le vennero in mente i ricordi della sua casa antica in paese, quando tutta la famiglia, a sera, si radunava davanti al grande camino a parete. Dalla legna secca scoppiettante si libravano lingue di fuoco, gialle, rosse e blu, sempre più alte, dalle quali sprigionavano faville luminose come lucciole. La nonna, nell'osservare insieme agli altri, in silenzio, lo spettacolo, diceva:

"Quando le lingue di fuoco si fanno blu, significa che arriverà il maltempo."

Angela sognò di poter rivivere ancora quei dolci momenti.

La sua vita era molto cambiata da allora. È vero, non aveva i suoi parenti vicini, ma aveva la sua famiglia, il suo lavoro, anche se qualche volta soffriva di nostalgia. Si levò dal divano per non rattristarsi, preparò il latte per Antonio e lo tenne in caldo nel thermos, appena in tempo, dato che all'improvviso si diffusero nell'aria i suoi lamenti: il maschietto di casa la reclamava.

Lo prese tra le braccia e lo accarezzò teneramente. Sentì la fronte col palmo della mano: la febbre era scesa e lui le fece un bel sorriso:

"Ma bravo il mio giovanotto che sorride alla mamma! Allora stiamo bene, vero?" E gli diede dei bacini sul viso, che il piccolo ricevette rilassato e compiaciuto.

A parte le febbri frequenti, dovute alla dentizione, il bimbo cresceva sano e forte.

***

Era ormai autunno e tutto sembrava scorrere felicemente, nella piena tranquillità familiare.

Angela faceva i suoi turni in ospedale ed in sua assenza si avvaleva della collaborazione di Adriana.

Adriana era una donna intorno ai cinquant'anni, austera e risoluta come un gendarme in gonnella, di poche parole. Non aveva voluto formare una famiglia e viveva con l'anziana madre vedova.

Il padre era venuto a mancare quando lei era piccola. Così la mamma continuava a riporre le speranze in lei, mentre lei contava sulla presenza assidua e costante della madre. Se le si domandava qualcosa, rispondeva telegraficamente e continuava a preparare il bimbo, senza dar retta ai padroni di casa.

In quel periodo, oltre che accudire al piccolo, Angela non aveva altri impegni. Tra una poppata e l'altra si abbandonava alla lettura di un buon libro. La storia di Demetrio Pianelli di Emilio De Marchi l'appassionava e non vedeva l'ora di ultimarla, per conoscere il finale a sorpresa. Ogni tanto smetteva di leggere ed osservava dai vetri del balcone la vita che scorreva fuori, le persone intente a sbrigare le faccende, e ciò la faceva sentire in compagnia, come se fosse anche lei parte integrante di quell'universo mobile. Tornò a scrutare verso l'alto vedendo che, anziché migliorare, il malinconico cielo d'autunno chiudeva persino l'ultimo squarcio d'azzurro, per cedere il passo alle nubi che, divenute d'un tratto nere, si aprirono in una pioggia insistente. E mentre il cielo continuava a borbottare, grandine mista a pioggia torrenziale cadeva impetuosa sui tetti e sulle strade, accumulandosi ai lati dei marciapiedi. In pochi attimi le persone corsero a frotte, in cerca di riparo, nei negozi o dentro i portoni aperti degli antichi palazzi. Le strade si erano di colpo svuotate, come se nessuno fosse uscito quel giorno. Si disse allora d'aver fatto bene a rimanere nel caldo tepore di casa. Andò a controllare se il bimbo dormiva e tornò in salotto a leggere. Ma quel ticchettio della pioggia battente la distoglieva dalla narrazione. Allora tornò dietro ai vetri della finestra e si mise ad osservare le nuvole che, avendo finalmente sfogato l'ira, erano tornate ad essere grigie e scaricavano gocce cadenzate, per placarsi infine dopo mezz'ora.

***

Negli anni '80, la tecnologia aveva fatto passi da gigante.

L'elettronica stava entrando nella vita di tutti i giorni con i cellulari, che fecero la loro comparsa nelle vetrine dei negozi. Non vi era ancora una grande diffusione, gli uomini d'affari furono i primi a farne uso, intravvedendo la facilità nella comunicazione e nei messaggi istantanei. Per fortuna era ancora il periodo dei borselli, nei quali riporre chiavi, fazzoletti, portafoglio e, soprattutto, il cellulare, grosso e ingombrante quanto il telefono di casa, comodo per l'auto, meno per portarlo ovunque.

Angela e Marco decisero di comprarne uno a testa per il lavoro e per sentirsi, in caso di necessità, da qualsiasi luogo.

Era trascorso l'inverno ed i bimbi, per evitare che si ammalassero, il più delle volte rimanevano in casa con Adriana che, per tenerli buoni, inventava giochi divertenti, soprattutto con Miriam, più grandicella. Per esempio si divertivano con la manipolazione di pasta morbida, per modellare piccoli vasi e bicchieri o animaletti. Adriana spiegava a Miriam come fare:

"Prendiamo un piatto dentro il quale mettiamo due pugni di farina, poi Miriam aggiunge un fondo di bicchiere di acqua, e poi?"

E Miriam: "Impastiamo."

E Adriana: "Che ne facciamo dell'impasto?" E Miriam: "Gli animaletti."

E Adriana: "Bene, adesso Miriam ne prepara uno per Antonio ed io un altro per lei."

Al risveglio di Antonio, Miriam gli donò il leoncino di pasta, che lui, dopo qualche secondo, mise in bocca e poi distrusse gettandolo a terra.

Maggio fece il suo ingresso all'insegna del tempo bello. Il sole, alto nel cielo azzurro, diffondeva, coi suoi raggi luminosi, il primo calore primaverile. Il risveglio della natura si avvertiva soprattutto nella campagna, che si ammantava di prati verdi e di alberi in fiore di acacia, di pesco e di mandorlo. Nei giardini, gli arbusti di gelsomino, di caprifoglio, di robinia erano ormai germogliati. Così, nel mese di giugno, ciocche di fiori diffondevano nell'aria un misto gradevole di profumi e i prati si esaltavano con il rosso dei papaveri.

In quel periodo le assenze serali di Marco si erano intensificate.

Angela lo vedeva pensieroso e ne attribuiva la causa al troppo lavoro. Rifletté con sé stessa che lui in fondo non le faceva mancare nulla e, come sempre, era premuroso con lei e con i figlioli. L'amava e coglieva ogni occasione per dimostrarglielo: le portava a volte una rosa, altre un profumo o un orologio. Si disse che non era cambiato da quando si erano sposati:

"Ma che vado a pensare? Torna tardi per gli impegni di lavoro." E allontanò dalla mente ogni brutto pensiero.

Il 15 maggio ebbe il turno di mattina. Quando tornò a casa, alle due e mezza, trovò Adriana che, messo a dormire il piccolo, si era impegnata nel tempo libero a rassettare la casa e a preparare la cena. Già dalle scale sentì un buon odore di cucina e, quando aprì la porta, fu inondata dal vapore del minestrone e di altre pietanze che la donna stava preparando.

La salutò, ma non ebbe risposta. Allora si recò in cucina e la trovò ai fornelli. Lei si spaventò nel vederla d'improvviso alle sue spalle, perché la ventilazione della cappa sovrastava qualsiasi altro rumore:

"Ciao Angela, sai che non ti ho sentito arrivare e mi sono spaventata nel vederti?" "Ti ho vista sussultare, scusami, pensavo che mi avessi sentita."

"Non ti preoccupare, non è niente. Piuttosto, vuoi vedere che cosa ho preparato per pranzo e cena?"

Scoperchiò le pentole ed il vapore lasciava già intendere la bontà e la gustosità del cibo.

"Ecco, vedi? Nel pentolone c'è minestrone per voi due a pranzo e ne ho preparato di più da darlo con la pastina ai piccoli stasera. Poi, per cena, piselli e saltimbocca alla romana. So che sei stanca e, quando Antonio dorme, riesco a sollevarti dalle faccende."

Angela le si avvicinò e le diede un bacio.

Adriana, che era di poche smancerie, le diede una pacca amichevole sulla spalla e Angela abbozzò un sorriso, arricciando i lati della bocca. Ruppe quel silenzio lo squillo del telefono:

"Angela? Cara, so che mi stai aspettando, ma non posso rientrare, perché andrò a pranzo con l'informatore farmaceutico. Un bacio, a più tardi."

Non le diede neanche il tempo di ribattere e chiuse la comunicazione. Pensierosa, lei tornò in cucina e Adriana le domandò:

"Hai il viso pallido: chi era al telefono?"

"Era Marco, mi ha comunicato che non torna a pranzo."
"Ma come? Ho preparato tanta roba e non torna?"

Poi, si morse le labbra per aver parlato.

"Sai che ti dico, Angela? Gli propini stasera o domani il minestrone, anche se non sarà buono come oggi. Così impara a telefonare tardi."

Lei, come un automa, si aggirò nell'ambiente e non sentì una sola di quelle parole. Adriana capì che qualcosa non andava per il verso giusto, ad Angela non uscivano le parole di bocca e non era allegra come le altre volte. Pensò che ci fosse qualcosa che teneva per sé e di cui non voleva parlare. Ma, ad un certo momento, non riuscì a sopportare quelle lunghe pause di silenzio:

"Angela, mi vuoi dire una volta per tutte che cosa ti turba? Ti vedo assorta nei pensieri e con lo sguardo nel vuoto."

Angela non le rispose e si mise a sedere sul divano, con lo sguardo rivolto ai fasci di luce che filtravano dalla finestra e rifletté sulle assenze improvvise di Marco, la cui giustificazione era sempre e solo il lavoro.

Adriana le si avvicinò, con fare materno le accarezzò i lunghi capelli neri e cercò di farle sputare l'angoscia che covava dentro. A quelle effusioni, lacrime di amarezza le solcarono il viso.

L'avvicinò al suo petto, tentando di confortarla:

"Adesso mi dici che cosa ti è successo. Sei una ragazza intelligente. Perché ti comporti come una bambina? Vuoi che ti aiuti? E allora parla."

Angela, dal primo momento che l'aveva assunta e conosciuta, si era affezionata a lei e Adriana, nonostante fosse una donna severa, provata dalla vita, per lei e per i bimbi nutriva un affetto incondizionato, che esternava quando lei aveva bisogno di una spalla. Avevano quasi vent'anni di differenza e la considerava la figlia che non aveva mai avuto. Sapeva che aveva la famiglia d'origine a molti chilometri di distanza e che avrebbe dovuto affrontare gioie ed amarezze della vita da sola. Allora si rendeva complice degli avvenimenti, buoni o cattivi, e la consigliava nel migliore dei modi perché ne uscisse vittoriosa.

Dopo essersi calmata, Angela trovò in lei il porto sicuro per aprirsi: "Credo che Marco mi tradisca".

"Mi hai detto qualche mese fa che ti colma di regali. E adesso, che cosa te lo fa pensare?"

"Dal mese di marzo si è assentato ogni venerdì sera, adducendo come scusa un motivo di lavoro sorto all'improvviso."

"E chi ti dice che non siano veri quei motivi? Su, dai retta a me, Marco è bravo ed ama la sua famiglia. Non abbandonarti a fantasticherie e vivi serenamente."

"Adriana, non è come tu dici, è da tanto che va avanti questa storia. Mi sono sempre fidata. Fatto sta che certe sere torna davvero tardi. Le prime volte lo attendevo sul divano, ma ora non ne posso più, me ne vado a letto, anche se non dormo per l'ansia."

"Non permettere che il tarlo ti si ficchi in testa e ti consumi. Lui ha impegni di lavoro e tu… esci pure con le amiche e rientra dopo di lui. Stiamo a vedere come si comporta."

E poi concluse:

"Intanto, su con la vita. Mi prometti di pensare a te ed ai bimbi?" "Sì, Adriana, te lo prometto."

Adriana quel pomeriggio rincasò più tardi del solito, mentre l'anziana mamma la reclamava da un pezzo.

"Mamma, ti ho preparato ogni cosa stamattina. Devi pur pensare che il lavoro è lavoro; perciò, non mi devi angosciare."

Neanche lei aveva una vita serena. Al mattino si alzava alle cinque, per accudire la mamma, pulire casa, andare a fare spesa, decidere che cosa cucinare e lasciare tutto pronto. Inoltre, almeno una volta alla settimana, doveva fare lunghe file dal medico di famiglia, per le medicine per la madre e poi correre a casa di Angela, quando lei effettuava il turno di mattina ed il marito usciva alle nove, per badare al piccolo. A sera, dopo il telegiornale, andava a letto, divorata dalla stanchezza.

***

Dopo due settimane, nulla era cambiato: Angela stava a casa con i bimbi e Marco aveva i suoi soliti impegni, fuori dall'orario di lavoro. Persino la piccola Miriam si accorse delle assenze del papà, soprattutto quando restò fuori un fine settimana, per un corso di aggiornamento, a seguito del quale ottenne il master. Quel giorno la bambina non volle mangiare e a sera, non vedendo il padre rientrare, fece continue domande:

"Mammina, ma papi dov'è? Perché non torna da me?"

"Piccolo tesoro, sai che papi lavora tanto per noi?"

"E perché non c'è?"

"Te l'ho appena spiegato. Deve guadagnare tanti soldini, per non far mancare nulla alla sua famigliola."

A quella risposta, la bimba sembrò capacitarsene, ma dopo che fu messa nel suo lettino alle nove, alle dieci si alzò, stropicciandosi gli occhietti, mentre teneva stretto a sé il suo fedele amico, l'orsacchiotto di peluche regalatole dal padre, e ogni tanto lo accarezzava.

La mamma, per consolarla, la mise a dormire nel letto al posto del padre. Finalmente si addormentò, ma poi si svegliò, per controllare se fosse nel frattempo rincasato. Iniziò a girarsi e rigirarsi nel lettone, senza pace, e poi:

"Mammina, dov'è papà? Questo è il posto di papà, non il mio." Con santa pazienza, Angela cercò ancora di tranquillizzarla:

"Ne abbiamo già parlato, piccola, papà è fuori per lavoro. Allora mamma ti porta nel tuo lettino e così fai nanna." Rimase al suo fianco, fino a che non si addormentò.

Marco rincasò presto il sabato sera. Così ebbe tempo di stare con Miriam che, al suo arrivo, gli si era avvinghiata alle gambe, fino a quando non decise di giocare con lei.

"Dai papà, vieni a vedere i disegni sull'album?" Mostrò a lui i lavoretti realizzati all'asilo nido e quelli fatti con Adriana. Per tutta la serata Marco giocò con lei:

"Papi, giochiamo a nascondino?" "Certo Miriam, e chi conta?"

"Io papi e tu ti nascondi."

Con la testina sul braccio appoggiato alla parete, riuscì a contare fino a dieci, poi si mosse alla ricerca del padre e lo stanò dietro alla porta della camera. E dopo:

"Papi mi porti sulle spalle a cavalluccio? "

"Sì, piccola, ti porto a cavallo, ma a nanna."

"Sì, a nanna."

Erano già le dieci quando il papà la prese, le fece lavare i denti e la preparò per la notte. Miriam diede il bacio della buonanotte ai genitori e al fratellino, si stropicciò gli occhietti per il sonno e si mise a letto da sola, con il suo fedele orsacchiotto sotto la copertina bordata di raso.

***

A giugno le giornate si allungarono. Il tempo, per i primi

dieci giorni, fu quasi sempre uggioso. Le giornate iniziavano col sole, ma già a metà mattina il cielo si velava e nascondeva i suoi raggi luminosi. Poi, col trascorrere delle ore, veniva giù una pioggerella che durava fino a sera. Ormai era divenuto un rituale di tutti i giorni. In compenso, la città sembrava inorgoglirsi, per l'abbondanza di fiori di vari colori e di piante verdi lussureggianti nelle aiuole e nei giardini di ville e palazzi. Dalla metà del mese, il tempo cominciò a cambiare, per regalare finalmente luminosità e calore del sole a mamme e bambini, che amavano stare all'aria aperta, per godere del primo caldo estivo. Marco non si assentò durante tutto il mese e Angela ritrovò la calma, anche perché, quando c'era bel tempo ed erano liberi di pomeriggio, lei e Marco lasciavano i piccoli ad Adriana e percorrevano le strade fuori porta per cercare un po' di quiete, lontani dai rumori cittadini.

Suo marito la portava nei paesi vicini per osservare, durante il viaggio, le bellezze paesaggistiche. Dal finestrino, estasiati, ammiravano i campi di grano dorati al sole, gli orti verdi e il cielo azzurro, reso luminoso dai raggi solari. Marco vide un terreno pianeggiante e fermò di colpo l'auto, andò ad aprire la portiera ad Angela e, tenendosi per mano, passeggiarono tra il grano per sentirne il profumo. Colse due spighe, una per Angela e una per sé, poi la strinse, quasi con forza, e si baciarono appassionatamente. Vissero un mese di incanto. Si desideravano e si amavano. E allora che cosa avrebbe potuto turbarla dal momento che lui l'amava? Si convinse così che non vi erano ombre nella loro vita e che erano state semplicemente frutto della sua immaginazione.

Luglio si presentò più bello e più caldo. Nei momenti liberi, Angela prendeva i suoi bimbi e li portava fuori e, dopo aver giocato al parco, tornavano a casa, dove Adriana li attendeva per dar loro da mangiare e poi metterli a letto per il riposo pomeridiano, mentre Angela aveva appena il tempo di mangiare qualcosa e correre subito al lavoro.

A fine mese, dovette prendere la settimana di ferie che le toccava per turno, mentre Marco continuò la sua attività. Sentiva l'esigenza di stare un po' tranquilla e si trasferì con i bambini ed Adriana a Forte dei Marmi, nella villa dei suoceri.

Un giorno, pensò di telefonare in studio per sentire Marco: "Pronto, studio Presti? Sono Angela."

Rispose il suocero: "Pronto? Angela cara, che mi dici? Tutto bene al mare?"

"Sì, tutto bene. Anche i nipotini godono di ottima forma e si divertono a giocare, a costruire castelli, a cercare conchiglie."

"Volevi parlare con Marco? In questo momento non c'è. Ma ha detto che tornerà più tardi. Vuoi che gli riferisca della tua telefonata?"

E prima che lei potesse chiedergli ulteriori notizie di Marco, lui anticipò le mosse come in una partita a scacchi e, a quel fluire di parole, lei non seppe che altro aggiungere.

"Va bene, grazie. A presto."

Cercò di razionalizzare e pensò che non ci fosse alcun fantasma tra loro.

È vero, non aveva sentito Marco da qualche giorno, ma lui era preso dai suoi impegni ed immaginò che forse, a sera, dopo una giornata intensa di lavoro, si lasciasse cadere sul divano a sonnecchiare, tra un programma televisivo e l'altro. Quando confidò ad Adriana i suoi dubbi sul comportamento di Marco, lei li sfatò in un sol momento, ricordando il suo attaccamento alla famiglia. E così, per un po' di tempo, fu serena.

Una domenica, che già all'alba si era presentata calda e senza vento, Marco partì presto. Quando tornò, i bimbi erano pronti e Angela pensò di farglieli portare al parco, mentre lei si sarebbe preparata per andare in chiesa e raggiungerli più tardi. Rimase così sola in casa, senza il vocio dei bimbi, e in quella mezz'ora gustò il piacere di ritrovarsi una volta tanto sola con se stessa. Preparò l'acqua calda nella vasca, aggiunse i sali da bagno e poi si rilassò con la lettura di poesie di una scrittrice esordiente. Era piacevole starsene in santa pace a prendersi cura del proprio corpo. Si avvolse nell'accappatoio bianco e racchiuse i lunghi capelli nel turbante, che fissò con un fermacapelli, idratò il corpo con la crema al latte, si asciugò la chioma, che raccolse poi con una fascia, e si posizionò davanti al grande specchio del bagno con i faretti accesi, dai quali si sprigionava la bianca luce che le consentiva di truccarsi. Passò in rassegna gli abiti nell'armadio, fino a trovarne uno con dei piccoli ventagli su fondo nero, picchiettati sul davanti di glicine, dal tono tenue al marcato. Quando, finalmente, si sentì pronta per uscire di casa, cercò le chiavi nello svuota tasche del mobile all'ingresso e vide che Marco aveva dimenticato il cellulare. In un primo momento pensò di metterlo in borsa e portarglielo, ma, mentre lo maneggiava, lo schermo si accese. Sentimenti contrastanti si impossessarono di lei: da un lato la correttezza le impediva di controllare le chiamate e i messaggi, ma dall'altro la curiosità la spingeva oltre ogni limite. Riaffiorarono in un solo istante, chiare alla mente, le assenze serali del marito: quelle cene di lavoro, ogni volta di venerdì, e quelle telefonate all'ultimo momento, senza possibilità di replica, che le causavano uno stato ansioso. Le parole di Adriana le rimbombarono nella mente: "Ma che vai a pensare? Fregatene e vivi la tua vita." Poi ripeté a se stessa le parole della nonna: "Non si può vivere con un compagno di vita, senza sapere che opera meni."

Non diede retta ai consigli di Adriana e prevalse d'impulso il motto della nonna: doveva sapere.

Aprì la schermata delle chiamate; tra le ultime un numero si ripeteva tre volte a distanza di pochi minuti: 7.00, 7.10, 7.15. Rifletté:

"Chi avrebbe avuto tanta urgenza di domenica?"

Non trovando risposta alla sua domanda, chiamò quel numero. Dall'altro capo rispose una voce di donna: "Pronto?"

Presa dall'ansia, iniziò a tremare come una foglia e riattaccò. Quando si fu calmata, si disse che poteva trattarsi di una mamma il cui bimbo si era improvvisamente sentito male di domenica. Ma per capire bene di chi si trattasse, compose di nuovo quel numero e dall'altra parte:

"Pronto, pronto, sei tu Marco?"

A questa risposta, chiuse la comunicazione e cadde sbigottita sulla poltroncina vicino alla consolle: alla seconda telefonata aveva riconosciuto la voce di Amalia, la sua migliore amica.

Urlò per il dolore, mentre i crampi allo stomaco si facevano più fitti:

"No, nooo, non è possibile, non può essere. Forse mi sto sbagliando."

Le ombre diventavano sempre più chiare nella sua mente. Rammentò che non l'aveva più vista da almeno tre anni, da prima del suo matrimonio e non ne aveva più notizie. E si chiese:

"Perché Marco non aveva voluto invitarla alle loro nozze? Era vera l'antipatia o celava ben altro?"

Prese la sua borsa, l'aprì, cercò freneticamente il suo cellulare, lo accese, si posizionò nella rubrica. Amalia era uno dei primi nomi, tenne premuto sul nome ed apparvero i numeri. Li confrontò, ma erano differenti. Nel vederne due, pensò:

"Perché mai avrà due numeri?"

Fece lunghi respiri, si rasserenò per qualche attimo e si rimproverò d'aver pensato chissà a che cosa:

"Forse cercava Marco per qualche problema." Ma l'angoscia non allentava la presa: "Ma poi, perché telefonare a Marco e non a me?"

E, mentre quei pensieri le martellavano la testa, squillò il telefono di casa: era Marco che aveva già tentato di parlare con lei e la sollecitava a raggiungerli al parco.

Chiuse la porta, lasciando dubbi ed amarezze tra le pareti domestiche. Varcò la soglia del portone e sentì scandire i dodici rintocchi della campana del campanile. Il sole brillava alto nel cielo e se ne avvertiva il calore. Camminò a passo svelto, cercando riparo all'ombra dei salici piangenti del viale, mentre una fine brezza muoveva le foglie aghiformi. Voleva raggiungere al più presto la sua famiglia, per la quale avrebbe dato l'anima. Il parco era in lontananza, gremito di gente: chi in piedi, chi seduto alla panchina, sotto il pinus pinea, che col suo ombrello aperto riusciva a riparare dal bagno di sole.

Lo vide da lontano e le nuvole nere di malinconia scomparvero, mentre il suo bel volto si illuminò di un sorriso ampio, che lasciava intravvedere i suoi denti bianchi e splendenti come neve al sole. Miriam, alla vista della mamma, corse ad avvinghiarsi alle sue gambe, il piccolo dormiva beatamente al dondolio del passeggino, sulla ghiaia del vialetto, spinto da Marco, che le tese un braccio per avvicinarla a sé e baciarla. Percorsero i vialetti più ombrosi, là dove le fronde dei pini si tenevano per mano con le fronde opposte e si intersecavano così bene da creare un rifugio rigoglioso e verdeggiante, che non permetteva ai raggi del sole di filtrare. Era un così piacevole ristoro, lontano dalla calura che nelle ore centrali diveniva afa! Angela si posizionò accanto al passeggino, mentre Marco, cingendole le spalle col suo possente braccio, progettava con lei viaggi nelle isole dell'Oceano indiano. Poi tornarono a casa, felici ed innamorati come all'inizio del loro matrimonio. Quel giorno trovò in lui piena complicità. Rimproverò a se stessa di essere stata stupida a dubitare del marito, che si adoperava in ogni modo per rendere felici lei e i bimbi. E allora, qual era il problema che l'assillava? Sicuramente la scoperta dei due numeri di telefono di Amalia…

La settimana sembrava scorrere tranquilla. Marco e lei si dividevano tra i vari impegni, di famiglia e di lavoro. Venerdì Marco rincasò prima del solito, all'ora di pranzo, e, nell'attesa che rientrasse Angela alle due, preparò un sughetto di pomodoro, aglio e basilico, per condire gli spaghetti. Come aprì la porta, Angela sentì nell'aria il delizioso profumo. Marco aveva apparecchiato e stava mantecando gli spaghetti. Angela si diresse in cucina e lo vide con il grembiule, indaffarato a preparare. Si avvicinò, per scrutare nella casseruola sul fuoco.

"Che delizia… caro. Che bella idea hai avuto!"

"Ciao, amore. Adriana mi ha comunicato che oggi non sarebbe venuta, così mi sono cimentato io in cucina. Ho preparato un piatto semplice ma gustoso, vedrai che ti piacerà."

"Non ho dubbi, quando cucini tu, mi sembra tutto più gustoso."

Marco riempì i due piatti di spaghetti, vi versò sopra un mestolino di sugo e vi sparse lingue sottili di basilico fresco, infine decorò un lato del piatto con una fogliolina di basilico.

Alle tre, nonostante le pareti spesse, in casa si avvertiva il calore delle ore centrali della giornata. Marco orientò le lamelle della persiana per far entrare una sottile brezza, che spostava lievemente le tende del salotto. Poi, stesi sul divano, l'uno accanto all'altra, lui e Angela fecero l'amore e si appisolarono uniti in un unico abbraccio. Quando si svegliò, Marco si strofinò gli occhi per vedere che ora fosse: le lancette dell'orologio a parete del salotto segnavano le quattro. Balzò in un secondo dal divano e corse in bagno a sistemarsi per uscire. Nel frattempo Angela, che era caduta in un sonno profondo, svegliata dai movimenti di Marco, si guardò intorno e non lo vide, ma sentì scorrere l'acqua dal rubinetto del bagno; guardò l'ora e si alzò di scatto per andare all'asilo a prelevare i bimbi. Raggiunse il marito e gli sussurrò teneramente:

"È stato bello stare insieme."

"Anche a me è piaciuto tanto. Adesso, però, tu vai a prendere Miriam e Antonio al nido ed io andrò allo studio."

"Certamente!" confermò Angela.

Lo scroscio dell'acqua nella doccia le impedì di sentire che Marco la salutava. Allora lui, consapevole di non essere stato sentito, si avvicinò alle porte di vetro per dirle:

"Ti amo cara, a stasera!"

E lei:

"Anch'io amore. A più tardi."

Angela si asciugò in fretta, lavò i denti, indossò i jeans e una maglia bianca dai risvolti laminati, si assicurò che dentro la borsa ci fossero le chiavi dell'auto, chiuse la porta a chiave e corse in macchina fino all'asilo. La maestra aveva già preparato i suoi piccoli alunni per l'uscita e, quando Angela entrò in aula, vide con meraviglia che vi erano solo quattro bambini.

Era il 18 luglio e buona parte dei bimbi non frequentava più l'asilo, perché l'esodo delle vacanze era iniziato da un pezzo e, per motivi di lavoro, solo loro e qualche altro genitore erano costretti a lasciare i loro figli lì, per tutto il mese. Quando la videro, Miriam, incurante della maestra, le saltò addosso e Antonio, per la gioia, le corse incontro gridando: "Mamma!"

"Un attimo, piccini, la mamma saluta Flavia, la vostra insegnante, e vi porta via."

Conversò con la maestra, per dieci minuti, sulla chiusura dell'asilo e poi, sapendo che era abruzzese, le domandò se sarebbe tornata dai suoi per le vacanze. Nel sentire che sarebbe rimasta tutta l'estate a Pescara, ebbe quasi un moto di invidia:

"Beata te che potrai andare a breve dai tuoi! Sarà bello stare tutti i giorni al mare, a godersi il tempo libero spensieratamente!"

E Flavia:

"Non te ne fare un cruccio; i giorni volano e vedrai che anche tu potrai godere in tutta spensieratezza le vacanze."

"Grazie per il conforto, ma abbiamo stabilito le turnazioni e prima del 12 agosto non potrò muovermi da qui." Si salutarono amichevolmente.

Angela prese il suo cucciolo in braccio e Miriam per la manina, e insieme si avviarono per fare ritorno a casa. Appena messo il piede fuori, avvertì il forte caldo del solleone. La città era pressoché vuota: non c'era traffico e le poche persone anziane, che vi restavano anche d'estate, preferivano godere il fresco tra le pareti domestiche, anziché uscire fuori a morire di caldo. Il termometro della farmacia segnava 40° gradi. Non si poteva resistere, era un caldo umido, anche a causa del fiume Arno, tanto che sulla fronte e sotto le ascelle comparivano subito goccioline di sudore. Miriam iniziò a lamentarsi:

"Mammina, mammina, ho caldo!" E con il braccino sulla fronte, tentava di tergersi il sudore. Antonio, non potendo spiegare a voce il fastidio che provava, iniziò a piangere. Angela, per tenerli buoni ancora per un po', cominciò a cantare la canzoncina che riusciva quasi sempre a interessarli e a zittirli:

"C'era una casa molto carina, senza soffitto e senza cucina. Non si poteva entrarci dentro perché non c'era il pavimento, non si poteva fare pipì perché non c'era il vasino lì, ma era bella, bella davvero, in via dei Matti numero 0."

"Dai Miriam! La vuoi cantare anche tu? Vuoi far sentire ad Antonio e a me come la sai cantare?"

E, appena Miriam iniziò a intonare le note, Antonio, come d'incanto, smise di piangere e stette buono fino a casa. Angela aprì l'uscio. Per fortuna l'appartamento era fresco: non si avvertiva quell'afa che c'era nelle strade, poiché era riparato da solidi muri di almeno cinquanta centimetri.

"Adesso mami prepara la merenda ai suoi gioielli, vero?"

"Sì." rispose Miriam.

Finita la merenda, Angela stese il tappeto di plastica sul pavimento, tolse dal seggiolone Antonio e lo mise a sedere accanto a sé, mentre Miriam aveva già preso posto accanto al cesto dei giochi, che aveva svuotato. Antonio osservò per qualche attimo la sorella e, nel vedere tutti quei giocattoli di vari colori, camminò carponi e si sedette vicino a lei. Quando vide che stava costruendo una casetta con le costruzioni, gliela sottrasse e rovinò il comignolo. Dopo pochi attimi di perplessità, Miriam tentò di toglierglielа dalle mani, ma non riuscì a riaverla, perché Antonio ormai la considerava sua e la stringeva forte. Allora, non potendo riprendersela, iniziò a frignare:

"Mamma, mammina, Antonio mi ha preso le costruzioni e non me le vuole restituire!" E la mamma:

"Vogliamo restituire la casetta alla sorellina? Guarda che cosa ti dà la mamma: la pista con le automobiline. Quale auto vuoi? "

E lui:

"La blu, io." E la mamma:

"Io la rossa. Adesso, vogliamo vedere quale auto arriva prima al traguardo?" Felice d'averla tutta per sé, il bimbo rispose:

"La mia, mamma!"

Posizionarono le due auto sulla pista e, al via di Miriam, fecero loro percorrere un breve rettilineo. Angela andò piano e così Antonio vinse ed alzò l'auto in segno di vittoria.

Finalmente in casa regnava la calma e i bambini continuarono a giocare insieme, senza la mamma.

Angela ebbe la sensazione che il sole fosse meno luminoso di prima, aprì le persiane per sincerarsene e, in effetti, vide che non si era sbagliata. Diede un veloce sguardo all'orologio che segnava già le sette.

"Caspita! È quasi ora di cena! Il tempo coi bambini è volato." si disse.

Si mise ai fornelli e optò per una cena di facile preparazione: minestrina con brodo vegetale e fettine ai ferri con contorno di pomodori. In mezz'ora fu tutto pronto e apparecchiò la tavola, per far mangiare i bimbi, quando squillò il telefono:

"Senti cara, stasera ho una cena con i colleghi. Non mi attendere sveglia, come sei solita fare. A stasera, amore!" Non ebbe il tempo di replicare, che Marco chiuse la conversazione. Tornò in cucina come un automa, mentre un turbinio di pensieri riaffollava la sua mente. Miriam, che aveva sentito squillare il telefono, le domandò:

"Mammina chi era al telefono?" E lei:

"Era papà, ha telefonato per comunicarci che ha una cena di lavoro."

I bimbi mangiarono tutto, mentre lei, presa dai crampi allo stomaco, saltò la cena. Non riuscì a leggere loro la fiaba, come tutte le altre sere, e li mise davanti alla tv a vedere i cartoon. Alle nove, i bimbi le diedero la buonanotte e filarono a letto. Quella per lei fu una delle più brutte sere vissute: l'ansia la divorava, fino ad impossessarsi interamente di lei. Cambiò canale in cerca di qualche programma che la distraesse dai suoi pensieri, ma nulla la interessava. Le affiorò alla mente la telefonata di Amalia a Marco. Era quello l'improvviso impegno? O si sbagliava? Intanto, stava così male da non riuscire a dormire neanche per un attimo. All'una di notte il sonno l'aveva vinta, ma si svegliò di soprassalto sentendo infilare la chiave nella toppa. Un'ombra furtiva entrò cautamente, la fioca luce della lampada rischiarava a fatica l'ingresso, ma serviva ad annunciare che qualcuno soggiornava in salotto. Lui continuò a passi felpati e la vide raggomitolata sul divano, così, in un moto di tenerezza, l'accarezzò e la baciò, non pensando agli effluvi di profumo femminile che emanava ad ogni movimento. La sua presenza fece inizialmente dimenticare ad Angela ogni pena d'amore, perciò rispose con enfasi alle carezze e ai baci ma, quando Marco si alzò per spogliarsi, lasciò dietro di sé una scia di profumo che lei immediatamente avvertì. Non disse nulla, ma una stretta al cuore le fece mancare il respiro e d'un tratto il suo volto sembrò infiammarsi. Nonostante l'evidenza, tentò di scagionarlo: era dolce con lei e si disse che non si sarebbe comportato male, perché innanzitutto teneva alla famiglia. Comunque, da quella sera, Angela iniziò a controllare i numeri delle telefonate fatte dal marito. Per parecchi giorni non trovò messaggi né telefonate risalenti al numero visto in precedenza, fino a quando, un venerdì, lesse un sms lasciato da un numero di cellulare sconosciuto. Il testo recava le testuali parole:

"Mio caro, mi hai promesso di andare a vivere insieme in una casa tutta nostra. Mi auguro che tu abbia detto a tua moglie di noi. Non vedo l'ora che si attui il nostro progetto. Ti amo. A domani sera!"

Il messaggio non recava firma, ma lei non chiuse occhio, girandosi e rivoltandosi nel letto per tutta la notte. E, mentre lui dormiva beato, lei lo osservava nella penombra della luce, che filtrava dalle persiane semichiuse. Pensò che quel messaggio non fosse diretto a lui e che qualche ragazza avesse digitato erroneamente il suo numero. Lo vedeva riposare sereno ed abbandonò l'idea che potesse tradirla, dal momento che la circondava di tante premure.

E per l'"ennesima volta si ripeté: "Non può essere." Dopo ore di veglia, dormì come un sasso. Durante il mattino, controllò ogni tanto il cellulare del marito, ma non comparve alcun messaggio sospetto. Ciò le confermò che si era trattato di un semplice errore.

Dal 12 agosto iniziarono le ferie per entrambi. Decisero di andare al paese di lei, dove trascorsero venti giorni in serena rilassatezza. Alla mattina andavano al mare, mentre mamma Clelia preparava gustosi piatti di stagione e buoni dolci. Rientravano prima dell'ora convenuta per il pranzo, perché i bimbi mangiassero prima e dormissero nelle ore pomeridiane. Poi arrivava il turno degli adulti e finalmente si poteva dialogare, tra una pietanza e l'altra, per poi godersi il riposo pomeridiano, al fresco della casa e lontani dalla calura dello scirocco. L'afa di quei giorni era infatti terribile e veniva avvertita da tutti, tanto che, nelle ore centrali della giornata, le strade, che sprigionavano il calore accumulato nelle ore più calde, erano deserte.

La conferma dei sospetti

Come tutte le cose belle, le ferie volsero al termine. L'ultimo giorno impiegarono tutta la mattina per fare le valigie e, con scrupolosità, si assicurarono di aver messo tutto ciò che serviva per i piccoli. Ma, al momento dei saluti, Angela fu presa da attimi di malinconia nell'abbracciare la mamma, la quale capì l'emozione della figlia e la rincuorò:

"Non essere malinconica, figlia mia, pensa alla fortuna di avere una bella famigliola! Quando sentirai nostalgia di noi, potrai sempre, assieme a Marco e ai bimbi, fare un salto da queste parti per rivederci. Su con quel faccino smunto: sorridi alla vita!"

Estenuati da lunghe ore di coda ai caselli autostradali per il controesodo, a mezzanotte rientrarono in città. Il giorno seguente, Marco tornò alla quotidianità di sempre. Angela rimase ancora un giorno a casa a disfare valigie, lavare panni e sistemare tutto, sperando di farlo in un baleno.

Dopo aver messo ogni cosa al suo posto, si rivolse a Miriam: "Che belle le vacanze dai nonni! Non è vero Miriam?"

"Sì mamma, ci torniamo dai nonni?"

"Sì, piccola, ci andremo spesso: promesso!"

Finito di riordinare, dedicò tutto il tempo rimasto ad entrambi i bambini. Raccontò loro una fiaba così bella, che persino Antonio sembrò interessato alla narrazione.

Nei giorni successivi ripensò alla vacanza; era stata magnifica ed aveva regalato a lei e a Marco serenità e voglia di divertirsi. Da tempo ormai non facevano più viaggi, per gestire insieme al meglio i figli, gustando anche i piccoli momenti della loro crescita, che normalmente passano inosservati, per via del tran tran giornaliero.

Erano trascorsi due mesi dalle ferie. Ad Angela sembrava un'eternità! Per fortuna non trovò più messaggi né chiamate perse nel cellulare di Marco, per cui si persuase che si fosse trattato effettivamente di un errore.

Dalla nascita di Antonio non si era più sottoposta a controlli. Pensò quindi di prenotare gli esami di routine, per sincerarsi che tutto fosse a posto. Il giorno fissato per gli esami, si sbrigò prima del tempo e, siccome si trovava nei pressi dello studio di Marco, decise di recuperare gli attrezzi audiometrici che aveva lasciato dal suocero. La porta era chiusa e sembrava che non vi fosse nessuno all'interno. L'aprì con la chiave che il padre di Marco le aveva dato e trovò la sala d'attesa illuminata. Rimase perplessa:

"Mah…, qualcuno l'avrà dimenticata accesa nel chiudere le persiane!"

Fece pochi passi, per attraversare la sala, e vide la porta dell'ambulatorio chiusa, dalla quale tuttavia filtrava una fioca luce. Aprì decisa e davanti a lei si presentò un'immagine che non avrebbe mai voluto vedere: sul divano rosso giacevano Marco e Amalia che, non accortisi della sua presenza, continuavano a fare l'amore, bramosi l'uno dell'altra. I battiti del suo cuore martellavano in petto all'impazzata, tanto da sentirsi svenire. Riprese per qualche attimo la padronanza di sé e annunciò la sua presenza con un:

"Ehm… ehm… ."

Appena avvertì l'esclamazione, Marco alzò la testa e vide, in una frazione di secondo, che Angela stava sbattendo con forza la porta della stanza e poi sentì sbattere anche quella d'ingresso allo studio. Lei, col cuore in gola ma con una freddezza implacabile, si diresse verso l'auto, Marco le corse dietro all'impazzata e, mentre tentava di ricomporsi, la pregò di fermarsi ad ascoltarlo. Angela in un balzo salì in auto e partì a razzo, lasciandolo in strada con la camicia fuori dai pantaloni e la cravatta con il nodo aperto, buttata di lato, con le braccia penzoloni ed ansimante per l'estenuante corsa. Marco allora ritornò in studio, per chiudere definitivamente con Amalia e rientrare in fretta a casa, temendo il peggio.

Angela riuscì a parcheggiare proprio sotto casa. Salì in fretta, pensando che lui potesse arrivare da un momento all'altro per bloccarla. Pensò di ripartire al più presto per il suo paese, per tornare alla casa natia, che rappresentava da sempre un rifugio nei momenti più tristi della sua vita. Mentre faceva le valigie, gocce di lacrime amare cadevano dai suoi occhi. Caricò i bagagli sull'auto e corse via, per arrivare prima di lui a prendere Miriam e Antonio all'asilo. Sistemati entrambi i bimbi nei seggiolini, partì per il Molise, dove sperava di trovare un po' di sollievo al suo dolore. Telefonò alla mamma, avvisandola dell'arrivo, previsto per le sei di sera, dato che avrebbe fatto due soste lungo il tragitto, per accudire i piccoli.

Si trovava in aperta campagna, a qualche chilometro da casa, quando il suo sguardo si fermò per un attimo ad osservare il cielo: era di un azzurro meno intenso che d'estate, in alcuni tratti di un celeste nuvola, mentre il sole vespertino di ottobre, con i suoi raggi sbiaditi, non tramontava più sulla striscia di mare, ma più a ovest. In due soli mesi, la natura si era trasformata, vestendosi d'autunno. Quando arrivò in paese, il corso principale non l'accolse col sorriso di amici e conoscenti, coinvolti nel chiacchiericcio e nelle serene risate delle lunghe serate estive, che ristoravano mente e cuore. Il viale alberato si presentò ai suoi occhi semideserto e coperto

d'un manto di foglie ingiallite, che si erano depositate, a mo'
di cuscini, anche sulle panchine e sui marciapiedi dei palazzi.
Poche anime erano ancora in giro.

Il suo dramma, unito al malinconico paesaggio autunnale, la
intristì tanto che due fiotti di lacrime le solcarono il viso, ren-
dendola ancora più triste. Trasse un sospiro di sollievo quando scorse, tra le tante, la casa dei suoi. I bimbi dormivano sul
sedile posteriore. Lei annunciò il suo arrivo con tre colpi di
clacson. Alla finestra che dava sul portone, la mamma, nel
vedere Angela, ordinò al figlio:

"Corri, corri ad aprire, sono giunti finalmente!" E… solle-
vato lo sguardo al cielo: "Gesù, ti ringrazio per averli fatti
arrivare sani e salvi."

Poi, si raggomitolò il grembiule e corse per le scale. Quando la vide davanti a sé, più magra del solito e con il visetto
smunto, per un attimo ebbe un fremito per tutto il corpo, ma
poi tese le braccia verso la figlia ed ambedue si unirono in un
forte abbraccio:

"Dai su, coraggio figliola, ci siamo noi e vedrai che qui ti
riprenderai in men che non si dica!"

Angela non riuscì a proferir parola per l'emozione e per lo
strazio che la tormentava, ma le dimostrò affetto e gratitu-
dine con quell'abbraccio caloroso, dal quale non si liberò
subito. Poi non riuscì a resistere allo sgomento, scoppiò a
piangere e la mamma tentò di calmarla:

"Angela, tesoro, non puoi fare così, farai star male anche i
piccoli, se ti vedranno piangere. Adesso smettila e cerca di
non pensare. Focalizza l'attenzione su di te e sui bambini.
D'accordo?"

Madre e figlia salirono le scale, mentre Leo, prelevati i bagagli, prima prese il nipotino, che consegnò alla nonna, poi

la nipotina, che aiutò a salire le scale, prendendola per una mano e facendole tenere l'altra manina sul corrimano.

Angela disse: "Hai visto mamma che sono venuta a trovarti, come hai sempre desiderato? Certo, avevo tanta voglia di venire, ma non con il cuore in frantumi."

E la mamma, che sapeva trovare sempre il modo giusto per rasserenarla:

"Dai su, non fare così. Il mondo non è finito per nessuno. Pensa che qui ci siamo noi e faremo il possibile per farti star bene. Piuttosto goditi i tuoi bambini, che hanno un infinito bisogno di te. Poi tutto si sistemerà…"

E Angela:

"Mamma, non hai capito. Non si sistemerà un bel niente. Non voglio vedere mai più quel bastardo, per non parlare di Amalia, la mia migliore amica… Li disprezzo entrambi."

E, dopo un lunga pausa di riflessione:

"Mi dispiace molto per i piccoli, ai quali mancheranno la presenza assidua e l'affetto del padre. E… comunque conto di riprendermi, per poter affrontare la vita da sola."

E la mamma:

"Hai ragione. Pensa a rilassarti e a curare i tuoi figlioli. Adesso però vediamo di cucinare e mangiare."

Mamma Clelia calò nella pentola i quadrucci all'uovo, impastati da lei e tanto amati da grandi e piccoli e, una volta terminata la cottura, li ricoprì con brodo di gallina, in cui galleggiavano minuscole polpette. Alla fine versò tre cucchiai di parmigiano e il cibo fu pronto per essere servito.

I ceppi ardevano nel camino e ciò infondeva calore alla cucina.

Angela sentì il profumo diffuso di brodo e gradì tanto quella pietanza, che lei ed i bimbi non mangiavano dall'estate scorsa. L'ambiente era molto familiare e caloroso. Soltanto il posto di suo padre restava vuoto e ciò la fece soffrire, ma, distratta dai bimbi che reclamavano le sue attenzioni, per fortuna si distrasse e godette della serata e del calore domestico.

***

I primi giorni le sembrarono un'eternità. Notava una differenza abissale tra la sua vita frenetica e i ritmi lenti, ancestrali delle donne del Sud. Osservava modi di vita inusuali rispetto alla città, come il rientro a sera delle braccianti dalla terra, con in mano la falce e lo zaino in spalla, nel quale era stata sistemata, all'alba, la colazione. Guardava i contadini che, caricata la soma sui muli, tornavano a sera stanchi, ma lieti per aver fatto fruttare la giornata. Tutto le ricordava la sua infanzia, quando si sedeva sulla prima scala del portone ed assisteva alla lunga processione serale dei cavalli, tirati per le briglie dai padroni che tornavano alle famiglie, riportando nelle bisacce i frutti autunnali. Rispolverò, così, i suoi ricordi di bambina, quando, ogni tanto, in primavera, qualche conoscente le donava un po' di primizie, come la sulla, l'erba che piaceva molto ai bambini, perché dolce.

Nonostante ricevesse qualche amica del quartiere, insieme alla quale ricordare i vecchi tempi, le capitava a volte di restare sola e, in quelle occasioni, non poteva fare a meno di pensare al suo caro papà, ormai morto. Per lei era stato il padre più buono e dolce che ci fosse al mondo. Iniziò a frugare nei cassetti della sua camera, in cerca di oggetti appartenutigli. Aprì un comodino. Tutto era in ordine: sembrava che si fosse allontanato per poco. Mentre rovistava nel cassetto delle maglie e poi in quello delle camicie, la sua mente riviveva i momenti belli passati con lui, dopo il suo rientro in Italia, quando d'estate, durante le ferie, lei si trasferiva per un mese dai genitori ed allora il padre invitava i parenti più stretti, per ritrovarsi tutti insieme. Andò indietro nel tempo, con la mente, fino a ricordare quando, all'età di quindici anni, lui le aveva costruito l'altalena, fissandola tra i due olmi davanti al casolare, e lei rideva tanto, mentre lui la spingeva sempre più in alto. Ricordò anche quando rientrava a casa la sera, con un mazzo di violette campestri profumate per lei, per la moglie e per Laura, trasferitasi poi per lavoro a Milano.

Aveva allora finalmente ritrovato il suo papà, ma non se lo poté godere a lungo, perché morì improvvisamente di infarto, mentre lei era lontana, residente definitivamente a Firenze. Anche questo ricordo la costringeva ad esplorare tutto ciò che gli apparteneva.

Aprì piano l'armadio e sentì sprigionarsi un lieve profumo, mentre dai suoi occhi uscivano lacrime di tristezza, come acqua da piccole fontane aperte. Tutto era al suo posto: abiti conservati con cura sugli ometti e cravatte appese nella gruccia a semicerchio. Aprì i cassetti del comò e trovò camicie piegate come fossero nuove. Ne prese una ed annusò il colletto. Si sentiva ancora l'odore fresco del detersivo.

Prese il vestito gessato con fondo grigio, la camicia bianca e la cravatta di seta blu, dal cui colletto si percepiva ancora un lieve profumo di dopobarba Denim. L'aveva indossato in occasione della festa patronale e tenuto addosso solo per poche ore. Di colpo, presa dal dispiacere, le scesero grosse lacrime, che le rigarono i lati della bocca. Avrebbe voluto vivere in paese anche con lui, brutalmente sottratto alla vita ancora giovane, ma si dovette accontentare di accarezzare i suoi indumenti, di cercare dappertutto tracce della sua vita, fissando nella memoria gli ultimi ricordi.

Mentre era assorta in quei pensieri, il pianto del piccolo la riportò alla realtà. Si affrettò a chiudere i cassetti e le ante aperte dell'armadio e corse da Antonio. Lo coccolò:

"Piccino della mamma, sono qui tesoro. Allora, che ha fatto Antonio? Un bel sonnellino, vero? E adesso la tua mamma ti porta in cucina a fare merenda. E Antonio la ripagò con un bellissimo sorriso e sulle guance gli comparvero due fossette."

Dopo qualche settimana si familiarizzò di nuovo con l'ambiente. Quando il piccolo dormiva e sua mamma stava in casa a sbrigare le faccende, ne approfittava per uscire con Anna Maria, amica d'infanzia, sposata e con due figli maschi in età scolare. E dove si dirigevano? Ovviamente alla villa comunale, dove avevano trascorso l'infanzia e l'adolescenza e dove era bello incontrarsi, ogni qualvolta lei tornava in paese.

Lo spiazzo antistante la villa era adibito a parcheggio; il parco aveva una forma circolare, così che vi si potesse accedere da tre viali: uno a sinistra, un altro a destra e il terzo al centro. Il viale centrale permetteva l'accesso al piazzale, dove c'erano il monumento ai caduti di tutte la guerre e, tutt'intorno, delle panchine di legno. In fondo c'era la chiesa, che un tempo ospitava i frati cappuccini, nella quale erano tumulati i caduti dell'ultima guerra. In essa si raccoglievano i fedeli per partecipare alla messa vespertina. Siepi di rose separavano i vialetti di ghiaia, mentre aiuole di violette, di ciclamini e di giaggioli facevano da contorno, rendendo quel luogo ameno. Da qualsiasi parte ci si fermasse, lo sguardo spaziava nell'ampia ed estesa campagna, fino a fissarsi sugli agglomerati di case dei paesi circostanti che, quando calava la sera, diventavano tante lucciole tra la bruna natura.

Sotto il viale che dava a sinistra, un pendio portava al bosco verde degli innamorati, che si appartavano all'imbrunire, per farsi le coccole.

Angela ed Anna Maria percorrevano quei viali parlando del più e del meno.

Ma quest'ultima si accorse che Angela interveniva poco e, conoscendola bene, capì che qualcosa la turbava. Dopo un po' le domandò:

"Angela tutto bene?"

E lei: "Sì, diciamo di sì." E cominciò ad essere più triste. Ed Anna Maria:

"Che significa diciamo di sì? Che cosa ti tormenta? Hai dei bei figlioli, un marito che ti ama. Che altro desideri dalla vita?"

Non ce la fece più e scoppiò a piangere.

"Angela, che cosa c'è che non va? Svuota il sacco, con me puoi farlo." Così le raccontò tutto.

E lei:

"Sai che ti consiglio? Pensa a te e ai tuoi bambini. Vedrai che tornerà da te, quando si accorgerà che tu gli manchi."

"Ma sono io a non volerlo più sentire. Ho deciso da subito di lasciarlo e così sarà. Mi ha giurato amore eterno e, mentre mi sono allontanata, mi ha rimpiazzata. Ma che uomo è uno che si lascia raggirare? Adesso non parliamone più, perché sto tentando di allontanarlo quanto prima dalla mente."

Anna Maria la comprese ed evitò di riprendere l'argomento.

Un giorno Angela chiese alle suore di poter iscrivere Miriam alla loro scuola, fino a quando non fossero ripartiti. Conoscevano Angela sin da piccola e furono ben liete di insegnare a Miriam tanti giochi.

Tornò a casa e vide che il piccolo Antonio si era addormentato. Allora le balenò l'idea di fare un salto al casolare di campagna, dove il padre teneva tutti gli utensili. Si fece consegnare le chiavi dalla mamma ed imboccò la strada provinciale. Poi si inoltrò nel sentiero che portava al casolare e, nel percorrerlo, vide tanta erba cresciuta ai suoi margini. Arrivò al cancello principale e scese dall'auto, per spalancare le due ante di ferro, ma i cardini erano arrugginiti e, scricchiolando, ne impedivano l'apertura. Allora parcheggiò e dischiuse a fatica l'anta destra per entrare. Aprì con facilità il portone della villetta. Una volta entrata, trovò un alto strato di polvere sul tavolo, sulle sedie e sul mobile della sala. Il camino conservava ancora pezzi di legna bruciata. Volse lo sguardo al soffitto e vide che i ragni si erano appropriati degli angoli dei muri, dove avevano tessuto le loro tele. Ogni cosa raccontava di lui, della sua vita e della sua fine improvvisa, che aveva lasciato in sospeso ciò che stava organizzando per il giorno seguente, quel giorno che non vi fu più.

A seguito della morte del padre, la loro casa era diventata triste e vuota. Dopo tanti anni di lavoro all'estero, era finalmente tornato e a lei pareva di averlo ritrovato per sempre, ma non aveva fatto i conti con la morte. Lo aveva perso definitivamente e ciò era un'amara realtà, difficile da accettare.

**

Riprese a frequentare il negozio di alimentari della comare Vira e pian piano si immerse nelle abitudini di un tempo, felice di essere nel paese natio e di riaprire i contatti con gente che nutriva per lei affetto e stima.

Tra frequentazione di amiche storiche, di anziane del quartiere, che le portavano qualche dolce fatto in casa, ed impegni familiari, non si accorse che il tempo trascorreva velocemente.

Un giorno, mentre stava leggendo un libro, ad un certo punto si fermò a riflettere sul fatto di essere giunta in paese a metà ottobre e che, ormai, era già arrivato il 1° febbraio. Pensò che il 15 aprile non era lontano. A quella data, sarebbe scaduto il tempo di congedo dal lavoro e, quindi, di permanenza in paese ed avrebbe dovuto riprendere la vita di città, coi soliti ritmi, ma senza Marco e con due bambini.

Di colpo scosse la testa, come per non pensare, dicendo a se stessa di limitarsi solo a godere appieno di tutto ciò che la sua famiglia d'origine le offriva, senza preoccuparsi del domani. Rifletteva comunque spesso sulla sua vita, sul fatto che la storia di Marco e Amalia fosse iniziata casualmente, forse il giorno in cui Marco era andato a prenderla a casa ed aveva risposto al citofono Amalia, invitandolo a salire, approfittando del fatto che la padrona di casa fosse da alcuni parenti in Calabria e Angela non fosse ancora tornata dal paese.

Prima che lui suonasse alla porta, Amalia si era sistemata i capelli, si era messa un filo di rossetto sulle labbra, spruzzato un po' di profumo sui polsi e sul collo, pronta per riceverlo, al suono del campanello.

Aveva aperto l'uscio e se l'era trovato davanti, bello e ben curato: "Ciao, posso entrare?"

"Certo, è un vero piacere averti qui." gli rispose.

"E Angela? È di là a prepararsi?" le domandò.

"No. Ma non ti ha avvisata che sarebbe arrivata più tardi?" rispose lei.

"No. Forse avrà provato a chiamarmi stamane in studio, ma sono andato via presto e pensavo di trovarla qui."

A questo punto era evidente l'imbarazzo di entrambi. Ma

lei confidò nel ritardo di Angela e sfoderò le sue doti di ammaliatrice:

"Intanto siediti. È possibile che arrivi con il treno delle sette e tra mezz'ora sia qui. Che ne dici se l'aspettiamo davanti ad una tazza di thè caldo? Lo gradisci, vero?"

"Lo gradirei volentieri, ma non vorrei darti fastidio." disse lui.

"Ma che dici? Nessun fastidio! Semmai sarà un'occasione per fare due chiacchiere." Marco era ancora impacciato, quando si mise a sedere sul divano e riprese:

"Scusami, ma Angela non avrebbe dovuto essere qui? Mi aveva promesso di informarmi sull'orario del suo arrivo. È del tutto inusuale il suo comportamento."

Stette un po' seduto:

"Neanche a te ha fatto uno squillo?"

Amalia, che sapeva che sarebbe rientrata più tardi, tenne per sé l'informazione: "No, non ha telefonato per avvisarmi." gli rispose.

Chiaramente, lui non sapeva che lei stesse mentendo.

Amalia depose sul tavolino la teiera fumante e un vassoio di dolci, che aveva riportato da casa la settimana precedente. E così, tra un sorso e l'altro di thè, iniziarono a parlare di loro. Lei gli accennò ai suoi progetti di vita e la conversazione risultava alquanto piacevole. Erano seduti entrambi sullo stesso divano ma, finito il thè, lui si alzò e le disse:

"Angela non arriva ed è il caso che io me ne vada. Forse stai attendendo il tuo ragazzo e sarei di troppo. L'attenderò vicino all'ingresso."

"Sono single, ti puoi trattenere se vuoi."

"Mi vuoi far intendere che una ragazza come te non ha il ragazzo?" A quel punto Amalia tenne a precisare:

"Avevo il ragazzo, ma ci siamo lasciati tre mesi fa."

Avrebbero continuato a chiacchierare, se non fossero stati distolti dai giri della chiave nella toppa, che annunciavano il rientro di Angela. Come quest'ultima mise piede nel salotto, scorse Marco e sgranò gli occhi, meravigliata di vederlo lì con Amalia. Ovviamente non disse nulla, ma non accettò di buon grado che l'amica l'avesse ospitato in sua assenza. Rivide mentalmente anche la scena di un'altra mattina, in cui Marco parlava con Amalia. Da questo ricordo ne scaturirono altri, ma li allontanò di colpo, per non soffrire e raggiunse la mamma in cucina, dove l'accolse il profumo del dolce appena sfornato.

"Mamma, che cosa prepari?"

"Il passato di verdura con i crostini, carne bollita con salsa vegetale e torta di ananas, che piace tanto a Miriam."

Allora, scacciò di mente quei tristi ricordi e, contenta di stare con i suoi, tese le braccia alla mamma e la baciò. Questa a sua volta le diede un bacio in fronte, per rassicurarla. Angela si staccò da lei ed aprì l'anta della cucina, come in cerca di qualcosa, solo per nascondere i suoi occhi, che erano diventati lucidi.

Sapendo che il tempo era tiranno, un giorno chiese ad Anna Maria che l'accompagnasse al cimitero. L'amica acconsentì. Angela si fermò dal fiorista e comprò un mazzetto di fiori dai colori vivaci: rose rosse e dalie gialle. Il tragitto era lungo, perché il cimitero era distante dal centro abitato.

Entrarono dal cancello principale e percorsero tutta la gradinata, fino in fondo. Qui pulì la lapide del padre e sistemò i fiori nel vaso. Gli parlò come fosse vivo ed infine baciò la sua foto, dicendogli che sarebbe partita a breve.

Ancora tu

Era arrivato marzo con la sua variabilità: il cielo, sereno di mattina, diventava nero dopo qualche ora. In compenso l'equinozio era in arrivo e le giornate si allungavano. Angela era più tranquilla e godeva nel passeggiare al mattino, con i suoi figli, sotto un cielo sereno ed un sole che via via sprigionava sempre più calore.

Contava i giorni, sempre meno numerosi, che le restavano prima del rientro al lavoro, con la sua quotidianità dai ritmi incalzanti. E immaginava la sua casa vuota, senza qualcuno che l'accogliesse. Pensava a come fronteggiare la nuova situazione, ma poi si disse che ce l'avrebbe fatta: in fondo non era sola ed avrebbe avuto comunque un bel da fare con i suoi piccoli.

Giunti i primi di aprile, assaporava in pieno relax gli ultimi giorni prima della partenza: lettura, passeggiate e viaggi nei paesi vicini, con più negozi per lo shopping. Le giornate erano più lunghe ed era piacevole aprire le finestre al sole, per far entrare il tepore primaverile. Aprì l'anta della finestra della sala da pranzo, che dava in vico Bruzio Presente e, come quando studiava e poi si affacciava per una boccata d'aria, così fece quella mattina. Come per incanto, rivisse gli attimi nei quali Luca, come ogni domenica, lanciava lettere d'amore alla sua finestra. Le tornavano ancora in mente le sue parole:

"Vieni all'appuntamento, ti prego. Per me sei come un fiore che sboccia nel deserto. Ti amo."

Si commosse al ricordo di lui: il bel ragazzo, dal vitino stretto e dalle spalle larghe, col viso sorridente e le labbra carnose, dalle quali spuntavano denti candidi come la neve al sole, e si rimproverò per esserselo fatto scappare. Tra la sua casa e quella del compare Fedele c'era un varco, che lasciava intravedere il cielo azzurro. Mentre il suo sguardo era fisso verso balto, le sembrò di sentire il suo nome. Pensò di essersi immedesimata talmente nei ricordi, da sentire ancora risuonare le voci di un tempo. Continuò a scrutare il paesaggio, ma stavolta sentì pronunciare chiaramente il suo nome:

"Angela, Angela." Volse allora lo sguardo verso il basso, ma non vide nessuno. Stava per chiudere le imposte, quando sentì forte e secco: "Angelaa!". Fu allora che sulle scale del vicolo sottostante scorse Luca, che si avvicinava sempre più.

Non poteva credere ai suoi occhi e, a voce alta e con il sorriso sulle labbra, disse: "No, non è possibile, Luca?"

Il suo cuore iniziò a battere forte, si disse che era solo un sogno, stentava a credere che stesse succedendo veramente. Ma Luca avanzava, lei lo guardava, chiudeva gli occhi, li riapriva, osservava ogni suo movimento, per capacitarsi che fosse davvero lui. Alla fine lo vide sotto la finestra ed era più bello che mai.

Le disse:

"Non ho lettere da lanciarti, ma un bacio sì. Dai, scendi!" Non se lo fece ripetere una seconda volta:

"Un attimo e sono da te."

Non passò neanche un secondo, corse giù per le scale e gli andò incontro. Avevano tante cose da dirsi, ma, in quel momento, dimenticarono tutto.

Così finirono una nelle braccia dell'altro e, commossi per essersi ritrovati, rimasero avvinghiati, incuranti dei passanti.

Tornata alla realtà, Angela si divincolò dall'abbraccio, lo prese per mano e:

"Dai, vieni a casa, così avremo modo di parlare di noi" gli disse.

Fece gli onori di casa all'ospite e lo condusse nel salotto, che si trovava al piano rialzato, dove non filtrava abbastanza luce. La casa, infatti, era situata in una delle vie strette del paese vecchio. Al primo piano, dalle finestre, si potevano vedere i tetti più bassi delle case intorno, solo da quella d'angolo del salotto si riusciva a scorgere uno scorcio di cielo. E da lì Angela scorse in lontananza un banco di nubi, che avanzavano minacciando un›imminente pioggia. Per illuminare la stanza, aprì dunque le tende che lasciarono entrare solo poca luce. Allora accese le lampade del salotto e finalmente i loro visi si illuminarono.

Il profumo di pigne pasquali, appena sfornate, inondò l'ambiente, tanto che Luca disse: "Ma che buon profumo di dolci!"

"Hai ragione, è proprio un buon odore. Vado a vedere se c›è qualcosa di pronto. Posso assentarmi per qualche attimo?"

"Ma certo, vai pure."

Scese al piano sottostante e vide sul tavolo un cesto di vimini con due pigne appena sfornate e, in un altro, altre due ormai tiepide.

"Mamma posso affettare questa più piccola?"

"E me lo chiedi? Certo che puoi. A proposito, chi è con te in salotto?"

"Ti dico solo che ho visto Luca che passava da queste parti e l'ho invitato a prendere un aperitivo."

"Ah sì? E non mi dicevi nulla?"

"Cosa volevi ti dicessi: è soltanto un amico."

"Adesso, ma prima?" rispose la madre.

"Prima era prima. Adesso è così, mamma."

Tornò in salotto con un vassoio pieno di fette di pigna e un bricco di succo d'ananas. Depose il tutto sul tavolo, lo invitò a servirsi e iniziarono a parlare del più e del meno.

Ad un certo punto lei gli chiese:

"Sei venuto da solo?"

Luca non rispose per qualche attimo, poi:

"Sì, sono solo. Mi sono separato due anni fa.» Indugiò ancora un po' e quindi riprese:

"All'inizio la mia vita è stata un inferno, anche per la perdita del bambino, al quinto mese di gravidanza di Ornella, a causa di un aborto. Da allora il rapporto si è andato logorando sempre più."

Angela rifletté e poi gli domandò:

"Qual è stato il motivo che vi ha spinto alla scelta della separazione?"

"Litigavamo spesso, addirittura per cose banali, tutto questo è durato per due anni. Ormai si polemizzava su qualsiasi cosa. Mi sentivo male al solo pensiero di dover rientrare a casa e trovarla lì pronta ad attaccarmi. Non sapevo come difendermi dalle sue storture, fino a quando non ce l'ho fatta più ed abbiamo deciso di chiedere l'annullamento del matrimonio.

Questa è la mia storia: un anno di frequentazione e tre anni di unione matrimoniale. Anche se non eravamo più innamorati, se mai lo fummo, ritengo comunque questa conclusione un fallimento e credo che anche lei la pensi allo stesso modo."

"Ma allora, perché avevi deciso di sposarti, di fare un passo così importante?"

"Perché attendeva un figlio e mi era sembrato giusto farlo nascere con entrambi i genitori. Mi ero anche illuso che, formando una famiglia, avremmo rinsaldato la nostra unione, per il bene nostro e del piccolo. Ma così non è stato. Negli ultimi tempi di vita assieme, non provavo più niente per lei e credo che ciò fosse reciproco, fino a quando non abbiamo deciso di percorrere strade diverse: ora siamo in dirittura di arrivo per l'annullamento."

Improvvisamente, un lungo silenzio calò nella quieta stanza.

Ad entrambi apparvero le ombre del passato, che li avevano tormentati per anni. All'improvviso lei ruppe l'incantesimo:

"Mi dispiace che sia accaduto tutto questo." E lui:

"Purtroppo la mia è stata una storia di un giovane universitario, che credeva, a quell'età, di poter avere il mondo nelle mani e non si rendeva conto di ciò che stava facendo."

Detto questo, non riuscì, per l'imbarazzo, a continuare con lo sfogo e tra loro calò ancora una volta il silenzio. Certo, era difficile dopo tanto tempo rivedere la donna del suo cuore e trovare il modo di aprirsi a lei, per farsi perdonare. Dopo un po' trovò la forza di continuare:

"Dispiace anche a me tutto quello che è accaduto, ma ti chiedo di comprendermi. Quindi, non parliamo più della mia brutta storia, vorrei invece che mi dicessi di te."

"Certo, adesso finalmente riesco a parlarne."

Angela si era risollevata nel sentire ciò che gli era accaduto e si sentì più libera di confidarsi con il suo ex. Così ripercorse le ultime tappe della sua vita, vincendo il senso di malinconia che offuscava ancora i suoi ricordi.

"Dopo che tu ed io interrompemmo ogni rapporto, conseguita la laurea, iniziai a fare il tirocinio in ospedale e lì incontrai Marco, anche lui tirocinante. Più volte, nella pausa pranzo, andavamo in un ristorantino, nei pressi dell'ospedale, e così iniziò la nostra storia e finii per innamorarmi. Non era certo un amore travolgente, ma stavamo bene insieme. Pareva che tutto proseguisse senza alcun intoppo ed io mi fidavo di lui, perché era un tipo rassicurante.

Un giorno presi un permesso dal lavoro, per sottopormi ad alcuni controlli medici di routine, ma mi sbrigai prima del previsto. I bambini erano una a scuola, l'altro all'asilo, ebbi quindi un po' di tempo per me. Vidi le vetrine del corso ma, non volendo comprare nulla, decisi di andare nello studio di mio suocero, anche lui pediatra, una persona onesta ed affidabile, con cui avevo svolto parte del tirocinio, per apprendere meglio la professione. Mi aveva dato le chiavi dello studio, che portavo sempre con me, dicendomi:

"Angela, qui sei la padrona; vieni quando vuoi e se ti dovesse occorrere qualche attrezzo pediatrico, prendilo pure." Anche Marco visitava i piccoli pazienti nello stesso studio, in genere a quell'ora."

Si fermò per riprendere fiato.

"Nell'aprire l'uscio, vidi la luce accesa in corridoio e altra luce che filtrava da sotto la porta chiusa dello studio di mio marito, da cui però non provenivano rumori. Lì per lì pensai: "Avranno già finito con le visite e saranno scesi a bere un caffè al bar di sotto." Tuttavia, avvicinandomi alla porta, sentii sospiri, inequivocabili, di piacere. Iniziai a tremare, ma presi il coraggio a due mani: aprii la porta e, nella penombra, vidi mio marito che faceva l'amore con una donna, che inizialmente non riuscii ad identificare, ma poi…"

Si fermò e gli chiese:

"Indovina chi era la donna?"

"Non riesco ad immaginarlo. La conosco?"

"Certo che la conosci!"

"E chi era?"

"La mia cara amica Amalia."

"Dai, non riesco a crederci."

"Credici invece! Mentre sbattevo la porta, andandomene, mio marito mi vide, si rivestì in fretta e mi corse dietro chiamandomi: "Angela, Angela, lasciami spiegare." Lo lasciai parlare e non mi voltai nemmeno per un istante. Arrivai di corsa a casa, buttai dei vestiti miei e dei bambini nelle valigie e, per non farmi trovare a casa, mi recai subito a prendere i bambini all'asilo e mi diressi in auto qui, nel mio paese. Diedi quindi luogo alla richiesta di separazione. Lui tentò in vari modi di parlarmi, ma non lo volli più sentire.

Non è per niente semplice parlare del passato, della storia a due nella quale hai creduto e... ritengo che soltanto il tempo possa essere il miglior alleato, nel far affievolire i ricordi.

Ed eccoti il racconto della mia bella vita!"

Sfinita, Angela smise di parlare e, presa da un groppo in gola, pianse. Nell'ambiente cadde ancora il silenzio. All'improvviso Luca, non potendo sopportare di vederla soffrire, si alzò dalla poltrona e le si sedette accanto. Le prese le mani e le accarezzò con tenerezza, poi le sussurrò:

"Non immagini come mi pianga il cuore nel vederti soffrire, perché è tutta colpa mia se è andata così. Ho rovinato te e me stesso, per essermi fatto incastrare da una poco di buono, per giunta nevrotica."

E lei: "Non dire altro, non è colpa tua; si vede che doveva andare così. Adesso, però, basta parlare della mia vita. Vorrei sapere di te. Come mai sei qui?"

In quell'istante entrò in salotto la mamma di Angela, che posò sul tavolino il vassoio con il dolce appena sfornato e si rivolse ai ragazzi: "Luca e Angela assaggiate questo dolce; io non l'ho provato, ma dev'essere buono. Gradite altro?"

"Grazie, non occorre altro." Subito dopo, Luca chiese ad Angela:

"Quanto tempo ti trattieni ancora qui?"

E lei: "È questione di giorni. Conto di essere a Firenze per il 15 aprile: dovrò riprendere il lavoro e mi occorrerà un po' di tempo, per riorganizzare la vita con in miei piccoli."

E lui: "Se hai bisogno chiamami, conta pure su di me."

Allora lei: "Che significa chiamami? Vuoi dire che non abiti più a Roma?"

E lui: "Mi sono dimenticato di dirti che mi sono trasferito a Firenze un anno fa."

"Ma davvero? E che attività svolgi?"

"La professione di avvocato, sono in uno studio associato."

"Ma dai…, non ne sapevo nulla."

"Non mi sono fatto sentire, perché credevo che tu fossi felicemente sposata."

E in un baleno gli vennero in mente i momenti trascorsi insieme:

"Angela, ricordi quando venivo qui in paese, tutte le domeniche, e ti lanciavo i bigliettini, dove dicevo che mi figuravo di stare sui prati, di baciarti e di amarti, illudendomi che tu fossi sempre e solo mia? Che tempi, come li rimpiango!"

"Erano tempi bellissimi. Ci cercavamo appena avevamo un momento libero e ci amavamo tanto."

Continuarono a raccontare di loro, fino a quando Luca non guardò l'orologio e si accorse che il tempo era trascorso velocemente.

"È bellissimo stare con te, ma è tardi e tra poco sarà ora di cena e i miei zii staranno attendendo che io rientri. Ecco il mio numero di cellulare, fammi uno squillo, così inserisco in rubrica il tuo."

Prima di uscire di casa, si voltò verso di lei e l'accolse nelle sue braccia. Angela però in un lampo si staccò da lui, per la diffidenza che ormai nutriva nei confronti degli uomini, ma lo salutò con un sorriso.

Quando si trovò da sola, tentò di capire che cosa avesse spinto Luca a ripercorrere i sentieri della prima giovinezza:

"Si sentirà solo? O forse nutrirà ancora un sentimento nei miei riguardi? Comunque sia, quando mi ha stretto tra le sua braccia, non posso negare che mi sia piaciuto e che mi abbia fatto sentire più sicura."

Si era già fidata di lui ed ora che cosa avrebbe voluto? Riprendere la storia per poi essere lasciata ancora? Ma lei non lo avrebbe permesso. Di sicuro l'amava più di quanto avesse amato Marco: Luca era stato il suo primo amore, con lui avrebbe voluto formare la sua famiglia e sempre con lui avrebbe voluto invecchiare. Invece quel sogno si era infranto, ancor prima di iniziare, e si era trasformato in una triste realtà, difficile da accettare. Col passare del tempo aveva allontanato i ricordi dei momenti vissuti con lui.

Poi ripensò all'unione coniugale con Marco. Sì, è vero, si era trattato di un ripiego, per uscire dal tormento dell'animo, dopo essere stata lasciata da Luca. Ma poi, mano a mano gli si era affezionata e lui la colmava di attenzioni e di doni.

Di certo Marco non avrebbe mai pensato che lei lo avrebbe lasciato, dopo essere stata tradita doppiamente, da lui e da Amalia, la sua più cara amica, che faceva finta di disprezzarlo, mentre covava per lui un'attrazione, culminata in una storia divenuta a sua volta importante.

A chi credere? Si Sentiva confusa, incapace di sentimento per colpa degli altri. Come fare? Pensò che sarebbe stato meglio per lei non rivedere Luca, benché si fosse sentita, in quell'abbraccio, subito attratta da lui. Ma aveva paura di un nuovo abbandono.

In quel momento, sentì la voce della mamma che la chiamava: "Angela, Angela" e tornò alla realtà di sempre.

***

Il mattino seguente venne svegliata da un raggio di sole, che filtrava attraverso le persiane socchiuse. Erano le sei. Diede uno sguardo ai piccoli che dormivano. Il tiepido sole dell'alba la invitava ad uscire all'aria aperta, sola, per ritrovare se stessa. Mentre faceva colazione, le venne in mente la campagna del suo papà: quando d'estate studiava per preparare gli esami e aveva bisogno di sgranchirsi le gambe, si dirigeva dal padre e assisteva ai lavori da lui eseguiti nel piccolo orto.

Non ci pensò due volte. Prese ancora una volta le chiavi della villetta di campagna, che si trovava nell'immediata periferia del paese, e vi si recò. Arrivò in cinque minuti, lasciò il motore dell'auto acceso e tentò di aprire il cancello grande ma, come l'altra volta, ad ogni movimento scricchiolava, per la ruggine nei cardini, e non si apriva. Dopo molta fatica, riuscì ad aprirlo, quanto bastava per entrare con l'auto. Poi, piano piano e con tanta pazienza, riuscì a richiuderlo alle sue spalle, spense il motore, chiuse l'auto e si diresse al cancelletto che si lasciò aprire più facilmente. Diede un'occhiata intorno. Non vi era alcun segno di vita da quando lui non c'era più. Il posto era desolato. Nessuno più curava piante e fiori. Si sprigionava dalle viole e dalle rose un profumo intenso, che inondava l'aria tutt'intorno. Non vi erano più i cani che le facevano festa quando arrivava con il cibo e neanche i gatti del circondario, che si infilavano sotto il cancello, per approfittarne anche loro. Sotto la grande quercia, il tavolo, che aveva tenuto a pranzo e a cena tanti ospiti, aveva perso la sua lucentezza ed il legno, esposto alle intemperie, era diventato vecchio e nero.

Aprì la porta della casetta e la richiuse dietro di sé per stare sola, sola con il ricordo del padre. Vide che non regnava più l'ordine di un tempo: i mobili rustici mostravano sulla superficie un dito di polvere, nel camino a parete vi erano residui di legna combusta e cenere. Provò ad aprire la finestra, che gracchiava al minimo movimento.

Si girò e vide, adagiati su una sedia, i panni che il padre indossava per i lavori campestri.

Per un'ultima volta, prima di partire, volle setacciare tra i vari oggetti appartenuti al padre.

Un mobiletto, alla parete destra dell'ingresso, conteneva le sue poche cose: una tabacchiera di metallo, con dentro il tabacco e le cartine fermate da una linguetta dello stesso metallo; poi un vecchio accendisigari e un bocchino. Nel ripiano sottostante c'erano degli indumenti, che osservò minuziosamente.

Aprì poi il mobile in noce del tinello e vi scorse dei residui di pane, reso duro dal tempo, e ancora un sacchetto di salsicce sotto vuoto. Aprendo l'altra anta, trovò dello zucchero, il caffè e una confezione aperta di pasta, come se quelle riserve alimentari fossero lì per il suo ritorno.

Ogni cosa le parlava di lui. Si sedette e per la tristezza iniziò a piangere. Quante volte avrebbe voluto tornare a casa per abbracciare quel padre, che le era mancato per lunghi anni, al quale poteva raccontare brevi episodi di vita solo per corrispondenza. E ora? Riandò con il pensiero ad otto anni prima quando, rientrato in Italia, ogni tanto partiva dal paese per raggiungerla a Firenze, per stare accanto all'ultima figliola, di cui non aveva goduto neanche i momenti della crescita. Ricordò anche quando lei tornava con la sua famiglia in paese, a Natale o d'estate.

E ripensò a quando gli parlò di Luca e della fine della loro storia e a come lui seppe confortarla con parole dolci, facendole sentire tutto il suo appoggio: "Sei una ragazza a cui non manca nulla. Vedrai che col tempo troverai un bravo ragazzo che ti renderà felice."

Non c'era più la spalla su cui piangere e consolarsi. Le restavano solo quelle cose che gli erano appartenute alle quali parlare. Quanta era stata la gioia per il suo ritorno dall'estero! Non aveva però fatto in tempo a godere appieno del suo affetto e l'aveva perso per sempre. Gli oggetti parlavano di lui come fosse vivo accanto a lei, ma era viva la sua anima e a quella dedicava le sue lacrime, i suoi rimpianti. Le si rivolgeva dicendo: "Papà, consigliami come comportarmi con Luca." Sapeva che poteva confidare nell'unico uomo che le aveva davvero voluto bene.

Si accorse che il ricordo del papà e le lacrime versate le stavano rinnovando la forza d'animo, per riprendere con più energia e grinta l'organizzazione della sua vita e la routine di sempre.

Quello era il modo migliore per accomiatarsi da lui prima della partenza.

***

Era giunta la mattina dei saluti.

Dopo aver chiuso i bagagli, non dimenticando di mettervi le provviste che la mamma aveva preparato con cura, sistemò i bimbi in auto, nei rispettivi seggiolini. A quel punto, Angela si gettò tra le braccia della madre, che la strinse a sé e le sussurrò:

"Siamo state bene insieme, mi mancherai tanto!"

"Certo mamma; grazie a te mi sono ripresa e… tu mancherai tanto anche a me. Vorrei che venissi a Firenze, a stare un po' con noi."

E la mamma:

"Certo che verrò Angela, puoi contarci!"

Salutò con affetto il fratello, raccomandandogli di stare attento a che la mamma prendesse regolarmente i farmaci per il diabete.

Poi partì, salutandoli con il braccio fuori dal finestrino, fino a quando non li vide più. Arrivò a Firenze di sera.

Aprì la porta di casa. Era tutto molto silenzioso. Non vi era nessuno ad attenderla. Non si sentiva lo schiamazzo dei piccoli che, al rientro, salutavano il papà. Venne pervasa da un forte senso di malinconia e di abbandono. Guardò i suoi due bimbi e si disse:

"Ce la devi fare, devi farti forza. Adesso sei tu che gestisci la casa e la famiglia. Forza… al lavoro!"

Il mattino seguente si alzò molto presto. Svegliò i bimbi che dormivano ancora, forse per la stanchezza del viaggio del giorno prima. Diede loro la colazione, a base di ciambella della nonna e latte, e poi accompagnò, come era solita fare, Miriam e Antonio all'asilo.

Infine fece il suo ingresso, dopo tanti mesi, al lavoro. Per la prima volta si sentì rinfrancata e pronta a riprendere il solito ritmo.

Dopo un paio di settimane, era di nuovo del tutto inserita nel suo ambiente. Tutto filava liscio: l'organizzazione della casa, della famiglia e del lavoro. Per la prima volta non sentiva il vuoto lasciato da suo marito, soprattutto perché il lavoro e i figli la tenevano occupata e non aveva neanche il tempo per pensare. Infatti, le capitava raramente di pensare a Marco.

Ormai considerava la storia chiusa per sempre, anche se lui aveva fatto qualche tentativo per riconquistarla, inviandole una volta un fascio di rose rosse e, un'altra, invitandola nel più bel ristorante della città.

Alla fine, però, lui comprese di non avere più alcuna speranza.

Lei, dal canto suo, aveva perso la stima e la fiducia in quell'uomo, per cui ogni tentativo fu vano.

Il sabato era il giorno in cui Marco poteva tenere i figli. Attendeva dunque la ex moglie fuori dal portone di casa e lei scendeva a raggiungerlo con Miriam e Antonio. Un saluto formale e qualche raccomandazione da parte di Angela: "Ecco lo sciroppo per la tosse di Antonio. Ti raccomando, tre cucchiaini al dì, all'ora dei pasti." "Ciao Angela, a stasera!" "Ciao Marco, a stasera."

E fu proprio un sabato di due mesi dopo il rientro a Firenze che Angela, appena entrata nella sua auto, si sentì chiamare:

"Angela, Angela."

Volse lo sguardo in direzione della voce e rimase folgorata nel vedere Luca: bello e curato nella persona, con una camicia bianca sotto una giacca blu, che modellava il suo bel fisico, jeans celesti e… il suo viso? Più bello che mai, con quegli occhi azzurro cielo, che gli donavano una bellezza estasiante. Le aveva promesso che si sarebbero rivisti ed era stato di parola. Angela scese dall'auto, Luca le corse incontro e lei fece altrettanto, arrivarono vicini l'uno all'altra e lui fece la prima mossa: l'avvicinò a sé, suggellandole la bocca con un lungo bacio. Un brivido improvviso le attraversò la schiena, ma presto si liberò dalla sua stretta e gli propose:

"Che ne dici di fare una passeggiata lungo il viale alberato?"

Lui non ebbe un istante di esitazione: "Certo e… poi, se vorrai, andremo in un ristorantino qui vicino."

E lei: "Non è male l'idea, dal momento che il mio ex è venuto a prendere i piccoli di buon'ora." Un po' sorpreso e per capire come stessero le cose, lui le disse:

"Ah, vedo che si prende cura dei bambini!"

"Sì, lo ha stabilito il Tribunale, ma non mi va giù che i miei figli stiano anche con Amalia. Purtroppo, però, le cose stanno così."

E lui:

"Quindi, mi vuoi dire… che avete già iniziato le pratiche del divorzio?"

"Ebbene sì. Ormai non lo sopporto più e non vedo l'ora di essere di nuovo libera. Lui, invece, avrà da lei il ben servito. Amalia è una donna che cambia spesso partner e prima o poi lo farà ancora. Solo allora vorrò divertirmi."

E lui:

"Non è che dici così perché in fondo al cuore hai riservato un posticino per lui?" E lei:

"Ma dai... non mi interessa più per nessun motivo al mondo e vorrei che tu mi credessi."

Dopo il viale arrivarono a un incrocio e poi a due strade parallele a senso alternato. Si tolsero dal traffico e dal frastuono di quella zona e percorsero un vicolo angusto, da cui provenivano odori di buona cucina. Giunsero così in una piazzetta, nella quale vi era un locale con una vecchia insegna, scritta in caratteri antichi: "Trattoria dei sapori".

Luca chiese al cameriere se ci fosse posto per due ed egli li guidò in un angolo dove c'era un tavolo libero.

Fecero l'ordine e, mentre attendevano di essere serviti, lui si volse verso di lei, la vide triste e gli venne spontaneo accarezzarle il viso: "Ti chiedo perdono se ti ho fatto rivivere il passato. Non accadrà più. Ma neanche puoi schivare Marco: è un pezzo della tua vita, sì o no? E allora... devi parlarne, per liberarti di quello che hai vissuto e guardare con animo sereno al futuro. Anzi ti dirò di me, se non ti dà fastidio sentire il mio racconto, che forse è più complicato del tuo."

"Fallito il mio matrimonio, feci carriera e diventai avvocato matrimonialista. Poi comprai l'appartamento che era piaciuto anche a te, anni fa; quello le cui finestre danno su Ponte Vecchio, mentre l'ingresso principale dà sul vicolo."

"Ma dai, sei riuscito a comprare l'appartamento in quel palazzo, nel quale mi sarebbe sembrato bello abitare?"

"Dopo il divorzio, non puoi immaginare quante volte ti abbia pensato e abbia desiderato rivederti."

"Davvero ti sono mancata tanto o me lo vuoi far credere, per poter iniziare la seconda parte della storia? Scusami, ma sono molto scettica: con quello che ho vissuto, non credo più a nessun uomo. Ci amavamo alla follia e tu avevi un'altra relazione a mia insaputa. Come potrei crederti?"

"Mi dispiace tesoro, non so come sia accaduto, ma ti assicuro che non succederà più. E, se vorrai, riprenderemo da dove abbiamo interrotto, perché l'esperienza negativa con Ornella mi ha fatto maturare, tanto che non cadrò più nella trappola di donne facilmente disponibili, né di altre. Te lo assicuro."

Dopo il pranzo si diressero verso Ponte Vecchio.

"Angela, vuoi salire? Come amica naturalmente, non come primo amore."

"No Luca, non adesso. Non è ancora il momento per rimettermi in gioco."

"Lo sapevo, né voglio forzare la mano, capisco e rispetto il tuo modo di vedere."

"Ci sarà un'altra occasione, vedrai! Anche se come semplici amici, come tu dici."

"Sai che ho lo studio in un altro appartamento attiguo al mio?"

"Hai dunque casa e bottega sullo stesso pianerottolo?"

Un ampio sorriso si disegnò sul volto di Luca, che aggiunse:

"Uno di questi giorni ti porterò a vederlo."

"E va bene. Ci sto." Gli rispose Angela.

Si salutarono.

Angela passò a riprendere i piccoli e li riportò a casa. Dopo averli accuditi ed aver ascoltato il racconto di come era andata la giornata, finiti il rito di Carosello e la fiaba, li mise a letto, per farli addormentare e sognare. Ripensò allora all'incontro con Luca.

Era stata davvero bene con lui e si rese conto che da tempo non si era sentita così serena. Ma un dubbio la divorava.

"Sarà davvero cambiato dopo l'esperienza con Ornella o recita la sua parte per fare di me un foglio che si usa e si getta come carta straccia? Però, sembrava sincero! Chissà che la lezione di vita sia stata sufficiente per correggerlo, come dice lui. Mi auguro che ciò lo abbia davvero maturato."

***

Un sabato, alle due del pomeriggio, Angela era ancora in ospedale, per seguire il caso urgente di una bambina, ricoverata all'ora di pranzo per forti dolori all'addome. Fino a quando non ebbe pronte le lastre, per valutare il caso, non si mosse da lì.

Uscì con due ore di ritardo.

Diede uno sguardo al cielo. Il sole occhieggiava tra una nuvola e l'altra, ogni tanto scoprendosi un po' e poi nascondendosi ancora. Si divertì per un attimo ad assistere a quello spettacolo.

Abbozzò un sorriso e camminò, priva di forze, fino all'auto in sosta.

E chi vi trovò ad attenderla, appoggiato alla portiera?

"Lucaa. Che ci fai da queste parti?" gridò.

"Sono stato impegnato in Tribunale stamane. Ma ho tenuto il pomeriggio libero ed eccomi qui, ad attenderti da due ore."

"Mi hai attesa per due ore? Ma sei semplicemente pazzo."
La strinse a sé:

"Certo, lo dico forte: sono pazzo, pazzo d'amore per te."

Si fissarono negli occhi, lui si avvicinò e le sfiorò i capelli con un bacio.

"Angela, scommetto che, come me, non hai pranzato. Vorresti andare al ristorante dell'altra volta? Di' di no, perché oggi ti porterò in un ristorante più bello e più intimo."

"E dove? "

"Abbi fiducia. Aspetta e vedrai."

Camminarono per i vicoli stretti, dove i panni stesi al sole ballerino svolazzavano al vento sopra di loro.

Ad un certo punto: "Ma dove mi stai portando? Non si arriva più?"

Non si era accorta, stanca com'era, della strada che avevano percorso e lui non le diede alcuna risposta.

Arrivarono finalmente davanti alla casa di Luca. Quando lei se ne accorse, non ebbe il tempo di proferir parola, che lui aveva già aperto il pesante uscio e, dopo averle cinto i fianchi con un braccio, la invitò ad entrare.

"Ma non avevi detto che saremmo tornati al ristorante dell'altra volta?"

Lui rispose, mentre la teneva per mano e la guidava verso il suo nido, al piano rialzato: "Cambiamo ristorante questa volta."

L'appartamento, si presentava accogliente ed arredato con gusto.

Le fece strada. Dopo aver varcato un piccolo ingresso, si trovarono in un unico ambiente, di una sessantina di metri quadri. La parete del salotto, subito di fronte all'ingresso, era di uno spugnato giallo, che lasciava intravvedere minuscole macchie di colore bianco. Sulla stessa parete, in bella evidenza, c'era un quadro, cm. 80x70, di Fiume: rappresentava un cielo pennellato di azzurro, con le piramidi sullo sfondo, dalle sfumature color sabbia; in primo piano si imponevano pennellate dello stesso colore, che cambiavano tonalità a mano a mano che ci si allontanava con lo sguardo, fino ad assumere un tono giallo oro più forte. Alla base della scena, una turista dai capelli bruni e dal bel viso colorito, con labbra rosse a cuore, mostrava un sorriso smagliante e con una mano salutava lo spettatore.

Luca fece gli onori di casa, mettendo Angela a suo agio.

Lei si girò ad osservare il salone e vide, con meraviglia, la tavola apparecchiata con un tovagliato di pelle d'uovo e pizzo, bicchieri di cristallo, posate di acciaio lucido e bottiglie di vino.

Ogni dettaglio era stato studiato con cura. Mentre si attardava ad ammirare la tavola imbandita, Luca le arrivò alle spalle: "È d'obbligo l'aperitivo, prima di iniziare."

I calici si incontrarono nel cin cin. Lui la fece sedere in poltrona e, dopo qualche istante, ricomparve con un carrello pieno di vivande, alcune delle quali coperte dalle cupole di metallo, per tenerle in caldo.

Angela rimase letteralmente stupita e non poté fare a meno di chiedergli: "Mi vuoi far credere che tutto questo è stato preparato da te?"

"Sapevo che il sabato sei libera e, mentre ero fuori per lavoro, la colf ha preparato per noi due." Il profumo di cucina si diffuse nell'ambiente e Angela:

"Con questo odorino che aspettiamo ad iniziare?"

Luca le diede un pizzicotto sulla guancia, come era solito fare con lei: "Iniziamo pure, cara."

Mise a tavola due tipi di vino: leggero e forte. Si mise il tovagliolo al braccio e servì le pietanze. "Ecco fatto, signora. Che vino gradisce?"

Scoppiarono entrambi a ridere.

La separazione dai rispettivi coniugi li aveva costretti ad una vita solitaria ed avevano appreso, a loro spese, le difficoltà alla quali si va incontro a vivere da soli. Ne erano usciti provati, per cui non aveva più senso riandare ai ricordi del passato. Ciò avrebbe significato riaprire le ferite dopo una guarigione.

Parlarono del più e del meno e dei loro progetti.

A fine pranzo, si spostarono nel salotto per brindare al loro nuovo incontro.

Luca mise un disco nel giradischi e la musica, "*Le stagioni di Vivaldi*", partì in sottofondo. Aprì il minibar, dove erano sistemate diverse bottiglie di champagne, tra cui Il Pommery e il Dom Perignon. Prese quest'ultima e la mise nel surgelatore.

Angela aveva iniziato a sparecchiare e Luca piombò dietro di lei.

"No cara, a questo penso io. Ti piacciono i miei quadri? Ho visto che li guardavi con interesse! Torna ad osservarli, mentre io, in un attimo, sparecchio e poi berremo il nostro Dom Perignon."

"E sia. Mi divertirò a guardare i tuoi quadri."

Sulla parete, dov'era il mobile della sala, ve n'erano due: "L'anatomia del corpo umano" di Guttuso, le cui linee si ispiravano ai bozzetti disegnati da Michelangelo per le sue sculture, e un'altra serigrafia di Guttuso: "Visi di operai nella mietitura."

Nel primo dipinto, l'autore evidenziava, solo con tratteggi a carboncino marrone, sfumato in chiaroscuro, il corpo muscoloso dell'atleta, che sembrava non dipinto, ma scolpito, grazie alla rotondità delle sue forme.

Angela si spostò di lato ed osservò attentamente le tinte dell'altro quadro, che esibiva i suoi personaggi come avvolti dal colore del cielo blu e dall'oro del grano nei campi. Quei colori estivi mettevano quasi di buon umore. Si mise a studiare minutamente il tratto dei visi dei mietitori, che, dopo una giornata intensa di lavoro, mostravano i segni della stanchezza. Uno si asciugava il sudore, l'altro falciava ancora il grano, per poi infilarlo con il tridente, in fasci di covoni, nella trebbiatrice.

Concentrata in quel silenzio, fatto di colori ed immagini, la voce di Luca la fece sobbalzare.

"Angela, sei ancora lì?" Le andò vicino: "Ehi, mi hai fatto spaventare!"

"Ti piacciono davvero tanto?" "Si, certo, ne sono affascinata."

"Poi, nel prossimo futuro, avrai la facoltà di sistemarli come credi." Lei rimase lusingata dalla proposta, ma preferì non rispondere.

Finito di sparecchiare, Luca prese la bottiglia di Dom Perignon e la toccò, per verificare che avesse raggiunto la giusta temperatura.

Versò lo champagne nei due bicchieri ed Angela, a quel punto, si alzò in piedi, incrociarono le braccia e bevvero dai flûte, dandosi poi un lungo bacio, a conclusione del brindisi. Quindi, si stesero sul divano e rimasero abbracciati a riposare. Dopo un'oretta, Angela si svegliò e sentì il braccio di Luca su di sé. Non poté fare a meno di svegliarlo, perché avvertiva l'esigenza di muoversi. Lui aprì gli occhi, ma non allentò la morsa, la tenne ancora stretta a sé ed iniziò a baciarla.

Lei rispose ai baci ma, quando, oltre ai baci, lui iniziò con le carezze sulle cosce, si divincolò e si mise in piedi:

"Eh no, oltre no. Oggi sei semplicemente stato stupendo e mi sei piaciuto così. Ma non andiamo oltre. Quando una storia riprende, non si deve aver fretta. Se c'è sintonia ed intesa, la dea dell'amore tesse pian piano la sua trama."

"Hai ragione, cara. Ti ho promesso di comportarmi bene e così dovrà essere. Non succederà più, fino a quando tu non riacquisterai fiducia in me."

Lei si alzò ed aprì le tende, che creavano una certa penombra nell'ambiente. Dalla finestra, si potevano osservare il lungarno e, dall'altra parte del ponte, la fila dei negozi, che sfoggiavano nelle vetrine la loro merce dai vari colori. Angela guardò i passanti, che andavano di qua e di là, approfittando della giornata di sole, e pensò che i colori all'esterno parevano in armonia con quelli della casa di Luca.

Il sole volgeva al tramonto e l'acqua dell'Arno aveva assunto un colore argenteo. Rimase ad osservare, mentre Luca ammirava i suoi capelli illuminati dal chiarore dell'ultimo sole. Ma, mentre la osservava, lei spostò il polsino della felpa e vide che le lancette dell'orologio segnavano le sette e mezza. Raccattò immediatamente le sue cose:

"Luca, è ora di andare. Il mio ex tra le otto e le nove riporta i piccoli a casa e non voglio che mi attendano in auto." Si avvicinò a lui e gli accarezzò il viso:

"È stato bello stare con te. Grazie."

"Queste ore che ho vissuto con te resteranno indimenticabili. Vuoi che ti accompagni? Hai l'auto davanti al Policlinico, impiegherai troppo tempo per arrivare!"

"No, farò due passi a piedi e per le otto sarò a casa."

Lui si alzò, la prese per mano e l'accompagnò all'uscio. La baciò e le disse:

"Starò via due giorni, per una causa che si terrà a Torino. Al mio rientro, organizzeremo qualcosa di bello."

"Ok. Ci conto. A presto."

Arrivata all'auto, salì a bordo e corse a casa, percorrendo alcune scorciatoie. Ansimava ancora quando sentì il suono del citofono. Marco aveva riportato i piccini e Angela scese a prenderli, come d'accordo.

**

Tutte le mattine Angela si alzava all'alba e preparava il pranzo. Poi approntava la colazione per i figlioletti e lo zainetto per l'asilo, in cui infilava, oltre alla colazione ed alla merenda, anche il peluche tanto adorato da Antonio: il piccolo orsetto. Terminati i preparativi, usciva alla sette e mezza, quando la tata arrivava a darle il cambio, per poi rientrare a casa nel pomeriggio, alle due e mezza, a preparare la cena, prima che la tata tornasse con i bimbi.

I giorni scorrevano più felici di prima. Sapeva che prima o poi avrebbe stabilizzato i suoi incontri con Luca e chissà se avrebbero costruito qualcosa di più serio! Certo, lei lo voleva, ma il timore la bloccava.

Poi diceva a se stessa:

"Che cosa temi? La sua, per Ornella, è stata una sbandata in un'età in cui non si pensa alle conseguenze. Angela, dai su, dagli fiducia! Ci stai bene insieme e… allora?"

Questo pensiero la rassicurava e le faceva presagire un futuro luminoso.

Erano presi entrambi dai rispettivi impegni, ma Luca era più che convinto di aver ritrovato il suo amore, quello vero;

dopo le storielle vissute in passato e dopo la separazione, si convinse che nessun'altra donna fosse quella giusta per lui. Le telefonava o le inviava un sms di buon mattino. Se usciva prima dal Tribunale, si piazzava accanto all'auto di lei ed attendeva che arrivasse. Poi, una passeggiata o un pranzo veloce al fast-food e, quando potevano, si vedevano la sera assieme ai bimbi, con i quali iniziò a familiarizzare.

Nonostante fosse primavera inoltrata, il clima era ancora instabile. L'inverno era stato temperato quell'anno e c'era da prevedere che le altre stagioni ne avrebbero fatto pagare le conseguenze. Luca, preso dal suo lavoro, che lo portava a volte fuori sede per qualche giorno, da quella volta non aveva più invitato Angela a casa sua.

Ma, sabato 7 maggio, ritornò dopo due settimane di assenza e pensò di ordinare al ristorante "Mare e monti" un pranzo per due a base di pesce e di invitare Angela a casa sua. Lei accettò con gioia l'invito e, durante il pranzo, parlarono e risero ad ogni battuta dell'uno o dell'altra. Erano giunti al dessert quando Luca le disse:

"Chiudi gli occhi. Ti dico io quando aprirli." Sfilò di tasca una scatolina dal fiocco dorato. "Adesso puoi guardare."

Sul sottopiatto, dove l'aveva appoggiata, la scatola, di un blu luminoso, sembrava risplendere. "Cos'è questa? È per me?"

"Certo. Che aspetti ad aprirla?"

Angela stava tremando di gioia. L'aprì e si illuminò, come il solitario river blu nella scatolina. Era seduta con le spalle al sole e, quando lui le infilò l'anello al dito, la pietra dalle mille sfaccettature assunse i colori dell'arcobaleno, che brillarono al sole, come tante lucciole.

"No Luca, non dovevi comprarlo." "Ma perché? Che cosa ti fa paura?"

"Questo anello, dovrebbe fissare la nostra unione, ma ho tanta paura di una relazione stabile, perché... perché il passato torna ogni tanto nel presente, a far rivivere le amarezze di un tempo."

Luca avvicinò la sedia alla sua e l'abbracciò.

"Mia piccola cara, non devi aver paura dei fantasmi! Ormai sono scomparsi e con essi dovranno sparire le tue paure. Tu ed io non siamo le persone di una volta, le esperienze ci hanno maturati e... siamo rinati dalla sofferenza."

"Come posso darti fiducia? Sono stata già una volta lasciata da te. Credimi: la nostra relazione va bene così, senza impegni reciproci, senza diritti e doveri e nel pieno rispetto della libertà individuale. Ci si vede, si sta insieme e poi ognuno pensa alla propria vita. Ed è così che si vive felici. Hai compreso perché la convivenza va evitata? Perché fa scivolare l'unione nella quotidianità e l'amore va a farsi friggere."

Luca comprese lo stato d'animo di Angela e non disse una sola parola. Pensò, invece, di tornare sull'argomento più in là, quando ci sarebbe stata tra di loro maggiore complicità.

***

Era primavera inoltrata. Le notti si facevano sempre più brevi. L'aurora, che tingeva il cielo di rosso, spuntava sin dalle cinque del mattino, per poi cedere il passo all'alba delle sei e iniziava il giorno, con il sole che si alzava sempre più alto nel cielo terso.

A fine settimana, come sempre di sabato, Luca telefonò di buon'ora ad Angela: "Buongiorno cara. Dormito bene?"

"Buongiorno Luca. Sì, grazie. Ho messo la trapunta sul letto e ho dormito bene. Che si fa oggi?"

"Ho un'idea. La giornata si presenta bene. Che ne pensi se

andiamo allo chalet di montagna e pranziamo lì?"

"L'idea è ottima. Ma riusciamo ad essere in città prima che tornino i bambini?" "Ma certo, per le sette saremo a casa."

Partirono alle nove, come stabilito per telefono.

Il tempo doveva essere buono, secondo le previsioni meteorologiche, e lo fu, anche se il sole si copriva a tratti. Luca aveva portato il packed-lunch e due maglioni, nel caso avesse fatto freddo, ed aveva previsto giusto. Angela indossava pantaloni e felpa ed aveva con sé un giubbotto idrorepellente con cappuccio e scarpe da tennis ai piedi.

Dopo un'oretta di auto, giunsero nella casetta di montagna di Luca. Il sole iniziava a diffondere un piacevole calore e, dopo le dieci, si stava davvero bene. Lasciarono provviste e maglie in casa e si diressero verso un'altura, scarpinando per una scorciatoia un po' ripida. Lei faceva fatica a salire, ogni tanto rotolava giù un sasso.

Ad un certo punto, non essendo abituata a quelle scalate, sentì il proprio respiro affannoso. "Luca, ci fermiamo un po'? Non ce la faccio più."

"Ecco la pigrona: è già stanca! Riposa un po' e poi riprenderemo il passo. Non ci vorrà molto per arrivare."

"Lo immagino, abbiamo preso il percorso più breve, ma più ripido.

"Avevi fretta di arrivare e quindi è per te che ho scelto questo sentiero!"

"Però, possiamo camminare più lentamente, che ne dici?"

"D'accordo. Cercherò di salire più piano, anzi prendimi sotto braccio, così ti reggerò io."

Giunsero finalmente sul pianoro, dove trovarono una baita,

tutta di legno, dal cui comignolo uscivano nuvole di fumo. Il sole a quell'altezza picchiava forte. Di tanto in tanto si velava e poi si liberava, più splendente che mai, dalle nuvole di passaggio. Da una parte e dall'altra dell'ingresso della baita, c'erano file di sdraio, occupate da turisti seduti ad abbronzarsi. C'erano donne che reggevano un cartone dorato, per convogliare i raggi del sole sul viso, in modo da abbronzarsi rapidamente, altre che indossavano occhiali neri e uomini che bevevano birra o crodino, trascorrendo il tempo a chiacchierare di partite di calcio. Angela osservò il fumo che usciva dal comignolo.

"Luca, guarda, c'è il camino acceso. Come mai? È caldo quassù."

"È acceso per la carne alla brace. Tra non molto verrà l'estate e porteremo anche Miriam e Antonio quassù. Sai come farà bene ai bimbi l'aria di montagna?"

"Hai ragione, potremmo passare qualche giorno quassù."

Affittarono due sdraio e si misero, per una mezz'ora, al sole.

Alle undici e mezza ripresero a scarpinare, ma la discesa era più semplice da percorrere e più veloce.

Quando arrivarono alla casetta, avvertirono subito la differenza di calore tra l'alta montagna e la valle, nella quale questa era situata.

"Luca, non avverti un senso di freddo qui dentro?"

"Hai ragione, vado a prendere un po' di legna nel retro."

Se ne tornò poco dopo con tronchetti di legna e con ceppi secchi. Esperto com'era, accese, in men che non si dica, un bel fuoco e chiuse la porta, per mantenere il calore all'interno. Avvicinarono il tavolo al camino e mangiarono i panini portati per il pranzo e, per finire, un po' di frutta. Poi, spostarono il tavolo e Luca stese sul pavimento un materassino da campeggio e una coperta, mentre Angela era seduta sul gradino basso del camino a scaldarsi la schiena.

"Vieni cara, starai meglio qui. Avrai il fuoco di fronte e non alle spalle e non rischierai che qualche scintilla ti bruci la maglia."

Luca era adagiato sul letto di fortuna e Angela lo vide più affascinante che mai. Il riverbero del fuoco illuminava il suo viso e lo mostrava in tutta la sua bellezza. Si sdraiò e si appoggiò alla sua spalla. Lui si girò e vide davanti a sé una fata. Il suo viso era illuminato dalla luce del fuoco e i suoi lineamenti fini apparivano ancora più belli, nella luminosità della fiamma. Si alzò e vide che il cielo stava mutando colore e che non sarebbe trascorso molto tempo prima che la pioggia cadesse. Socchiuse le tende, solo il fuoco dava luce all'ambiente. Andò al giradischi e mise il disco con la canzone dei loro diciassette anni, il solito motivo: *"Moonia solo tuuu…"*

La musica era quella dell'età spensierata. Certo, il tempo era trascorso inesorabilmente ma, nonostante le vicissitudini, erano lì, più innamorati che mai. La canzone rievocò il loro amore d'un tempo, diventato adesso ancora più forte. Si sdraiarono sul materassino, mentre le lingue di fuoco si allungavano verso l'alto, illuminando i contorni delle cose di un caldo chiarore. Si amarono e infine si addormentarono, al rumore dello scoppiettio delle scintille.

Dopo due ore, la pioggia batteva forte sul tetto e Angela sussultò all'improvviso. Corse con lo sguardo all'orologio sul camino, erano le sei. Si liberò dall'abbraccio di Luca, che dormiva ancora, e si rimise frettolosamente in ordine. Lo svegliò:

"Luca, Luca. Dobbiamo tornare in città, è tardi, dai alzati!

Potremmo trovare tanto traffico al ritorno."

Luca non se lo fece ripetere la seconda volta, sistemò alla meno peggio l'ambiente e prese una strada poco trafficata, per arrivare a casa prima di Marco. Alle sette e un quarto erano sotto casa di Angela. Luca la trattenne per un braccio mentre lei tentava di scendere.

"Dove vai? Non mi si saluta neanche?" Lei risalì in auto:

"Luca, scusami, ma la fretta non mi fa capire altro in questo momento." Lui la attirò a sé e le diede un bacio appassionato. Poi le disse:

"Rispondi quando ti telefono, perché spesso mi tocca riprovare tante volte, prima che tu risponda, ok?"

"Ok. Quando mi telefoni?" gli chiese Angela.

"Stasera, per parlare ancora con te."

Un sorriso di piacere e di approvazione apparve sul viso di Angela. Un saluto con la mano e si congedarono.

***

Era arrivato giugno. Le rondini, tornate dai paesi caldi, attraversavano il cielo tutte in fila, fino a fermarsi sui campanili, sui tetti delle case e sugli alberi dei giardini del centro. Si esibivano in giravolte divertenti, a volte a piccoli gruppi, altre tutte insieme, e durante l'intera stagione allietavano i passanti con il loro garrire.

Un giorno Marco informò Angela che avrebbe portato i bimbi con sé per dieci giorni, assieme ai suoi genitori, nella villa al mare.

Lei in un primo momento non voleva acconsentire, ma poi, pensando che ci sarebbero stati i nonni, fu d'accordo. Dopo le venne però un dubbio:

"Inviterai anche Amalia? Sai che non voglio che lei si frapponga tra te e me nella formazione dei bambini."

Marco rispose: "In questo periodo c'è maretta con Amalia e non credo che il nostro rapporto si aggiusterà. Lo sai che tengo a te, Angela. Le altre donne non mi interessano, ma tu non vuoi saperne più di me ed io... io soffro le pene più atroci per aver rovinato tutto."

"Senti, Marco. Sai ormai come la penso e... non tornerò sui miei passi. Mi sento ancora ferita per quello che hai fatto, prima con Amalia e, fino a un mese fa, con l'ultima, la bionda. Usami la cortesia di non parlarne più."

"Come fai a sapere della bionda?"

"Credi che non abbia occhi per vedere? Torniamo piuttosto al nostro discorso. Va bene per la vacanza con i nonni. Ti devo dire che anch'io starò in ferie per una settimana ed andrò probabilmente alle Canarie. Nulla da dire?"

"E... se capita qualcosa ai piccoli, dove ti trovo? E poi... con chi vai?"

"Potrai telefonare al mio cellulare o inviare un sms ed in sole quattro ore sarò a casa. Per il resto, non credo che debba interessarti con chi io vada. Ciao Marco."

Lo aveva piegato in due per il dispiacere, ma lo aveva trattato come meritava, visto che era inaffidabile.

**

Un sabato, Luca la invitò a fare un giro in auto nelle immediate vicinanze della città. Il paesaggio era splendido. Si scorgevano dal finestrino campi di grano imbionditi al sole e lunghe distese di prati con olmi frondosi. Prima di partire, si erano fermati a comprare panini e bevande.

Trovarono finalmente un posto tranquillo, sotto una maestosa quercia, e consumarono il packed-lunch. Si distesero sulla copertina scozzese ad osservare il cielo terso, tempestato dei neri punti delle rondini in volo.

Mentre Angela era intenta ad osservare la natura intorno, Luca le mise un braccio sotto il collo e la baciò teneramente, sussurrandole all'orecchio:

"Amore, vuoi diventare mia moglie?"

I brividi le attraversarono tutto il corpo e, felice che glielo avesse chiesto, lo baciò con passione: "Ti sposerei mio caro; ma ti prego, per ora continuiamo così."

E lui, distaccandosi da lei, alzò il tono di voce:

"Dimmi che cosa devo fare per dimostrarti il mio amore e lo farò." E lei:

"Adesso dici così, ma dopo un po' ti stancherai di me. Questo lo so."

"Ma non capisci che sei l'unica donna che conti davvero per me? Non te l'ho dimostrato finora?"

"Ti prego, Luca, non rovinare questi splendidi momenti. Vedrai che la decisione verrà da sé. Anzi, sai che ti dico? Non vediamoci per un po', così il tempo chiarirà le nostre idee. Che ne pensi?"

Luca ammutolì e comprese che Angela soffriva ancora per la loro storia precedente, che aveva lasciato ancora tracce nel suo inconscio. Comprese anche che lei avrebbe preso la decisione con serenità, nel tempo.

Un equilibrio da ristabilire

Non si videro per un po'. In quei mesi di luglio e agosto ella si trasferì con i piccoli dalla mamma, in Molise. Un giorno decise di non andare al mare e si recò in farmacia a comprare i biscotti al plasmon per Antonio. Il sole a mezzogiorno era alto. I suoi raggi arroventavano l'asfalto, facendo sprigionare un forte odore di catrame. Era impossibile stare in giro.

Tornò a casa e non uscì più, preferendo rimanere tra i muri freschi della sua antica magione. Forse era l'unico posto per ripararsi dal sole rovente. La mamma era uscita a fare spesa nei negozi vicini, il fratello era al mare, la sorella dalle amiche, che non vedeva da tempo, i bambini in camera a giocare, quando sentì due colpi di battaglio.

Pensò:

"Chi sarà mai?"

Si affacciò alla finestra che dava sul portone e, con grande meraviglia, vide Luca lì, davanti all'uscio di casa.

Ebbe per un attimo la sensazione di svenire, poi gli aprì e gli gettò le braccia al collo, lo baciò forte e lo invitò:

"Dai, entra!"

Chiusa la porta, fu lui a prenderla in braccio e a baciarla:

"Quanto mi sei mancata! Luglio per me è stato il mese più lungo dell'anno."

"Anch'io ho avvertito molto la tua mancanza."

Comprese finalmente che sarebbe stato l'uomo della sua vita. E lui:

"Hai ancora qualche dubbio, cara?"

Il momento tanto atteso era giunto e si dichiarò a lui con tutta l'anima.

"No, mio tesoro e... sono sicura che ci ameremo molto. Mi hai dimostrato il tuo amore tante volte. Adesso sono io che ti chiedo: vogliamo convivere?" "Sì, Angela, sei la mia vita!"

Avevano gli occhi umidi, si guardarono e si unirono in un forte abbraccio. Al rientro, mamma Clelia li trovò ancora abbracciati.

"Che piacere vederti, Luca." Si scambiarono i convenevoli. "Oggi ti invito a pranzo e così starete tutti insieme, Angela, tu ed i bimbi, che gioiranno nel vederti."

"Grazie, signora, accetto volentieri. A proposito dove sono i piccoli?" "Nella cameretta di sopra a giocare. Vuoi salutarli?"

"Certo, mi sono mancati tanto."

Salirono al primo piano. I bimbi avevano già riconosciuto la sua voce e gli corsero incontro per le scale. Mancava poco che lo facessero cadere, perché si tuffarono letteralmente nelle sue braccia.

"Ciao Luca. Sei venuto a farci visita?" esclamò Miriam.

L'altro, geloso della sorella, catturò subito la sua attenzione: "Ciao Luca. Vuoi giocare con me a calciatori?"

"Ciao Miriam, ciao Antonio."

Li salutò, arruffando i capelli dell'una e dell'altro. Poi si rivolse ad Antonio:

"Non è giusto lasciare la sorellina in un angolo a guardare noi che giochiamo a palla. Invitiamo anche lei?"

"E va bene. Gioca anche lei."

Mentre giocavano al calcetto, sentirono la voce di Angela: "Tutti a tavola."

Si lavarono le mani e subito dopo corsero a tavola, i bambini misero Luca al centro: Myriam occupò il posto a sinistra, Antonio a destra.

Fu un mese intenso, di vacanze al mare di mattina e viaggi nei paesi limitrofi di pomeriggio. Un giorno Luca decise di presentare la famiglia acquisita all'anziana madre.

Luca si stava, come diceva sua madre, sistemando, finalmente! Dopo tutte le prediche che si era dovuto sorbire ogni volta, tornando al paesello, perché cercasse una brava compagna di vita, ora aveva trovato la sua strada e la madre non poteva che esserne contenta. Trovò simpatica la futura nuora e la colmò di premure:

"Vuoi un altro pezzetto di carne?" E poi, a fine pasto: "Gradisci il dolce, Angela?"

Anche Angela la trovò simpatica e pensò di poter andare d'accordo con lei, nonostante il divario d'età. Tanto tempo prima, suo marito era andato a far fortuna all'estero e l'aveva lasciata con tre figli piccoli, senza far più ritorno a casa. Aveva dovuto affrontare da sola le difficoltà della vita. Ora era compiaciuta della scelta del figlio e prese a ben volere anche i bimbi. E dopo il loro rientro a Firenze, l'anziana signora avrebbe telefonato spesso, per avere loro notizie.

Le vacanze erano terminate con qualche giorno d'anticipo, per avere il tempo a Firenze di trasferire la roba da casa di Angela a quella di Luca. Portarono prima i vestiti e i giocattoli dei bimbi, poi gli abiti di Angela, che ogni giorno andava comunque a prendere qualcosa che potesse esserle utile, fino a quando infine disdettò il contratto d'affitto dell'appartamento.

La famiglia era al completo. I piccoli trascorrevano con Luca tutto il suo tempo libero e Angela ne andava orgogliosa e, a dire il vero, si convinse ulteriormente della scelta fatta quando lui dimostrò di amare i bimbi e di accudirli come fossero figli suoi.

La convivenza fu il banco di prova per Angela, perché solo vivendo la quotidianità si rese conto di aver valutato correttamente e senza fretta quella che si sarebbe rivelata la scelta giusta.

Nel periodo che precedette il Natale, arrivò un'abbondante nevicata. Le strade di Firenze erano coperte di neve; una coltre aveva vestito di bianco i tetti che, dopo il freddo pungente della notte, presentavano stalattiti di ghiaccio sotto le tegole, che più tardi si sarebbero sciolte al sole. La neve appariva incandescente, sotto i raggi solari, e brillava di tanti piccoli diamanti luminosi. Angela si levò dal letto prima di tutti. Dopo aver sistemato i piatti in lavastoviglie e riordinato l'ambiente giorno, sentì un vociare di bambini che fuori stavano costruendo un Babbo Natale di neve, visto che il sole aveva addolcito un po' la temperatura. Al temine dell'opera, iniziarono a tirarsi palle di neve, a discapito di qualche passante coraggioso, che pensava di interrompere il loro gioco e invece veniva preso come bersaglio. Si divertì tanto nel vederli giocare, poi rientrò per fare il bagno ai suoi piccoli.

Domenica 22 dicembre, Luca uscì di buon mattino da solo e si recò in un vivaio, per comprare un grosso abete. Lo riportò a casa e lo sistemò dentro un vaso capiente. I bimbi entrarono nel salone e videro l'abete nell'angolo.

Diedero il buongiorno con un bacio alla mamma e a Luca ma, subito dopo, Miriam iniziò a lamentarsi:

"Ma Luca, l'albero è spoglio. Lo teniamo così?" Non ebbe il tempo di rispondere, che intervenne Antonio:

"È brutto, molto brutto."

"Perché brutto? È pur sempre un albero. Ma non abbiate timore. Se vi preparate in fretta, andremo a comprare tutto quello che serve per renderlo bello."

"Sì, sì, hai sentito mamma? Aiutaci a vestirci, se no Luca se ne va da solo." E mamma Angela: "Dai, sotto a chi tocca!"

In men che non si dica, erano strigliati a dovere e pronti per partire. "Luca, andiamo?"

La casa si liberò e Angela rimase sola, conservando ancora per qualche istante il sorriso sulle labbra. Poi si diede da fare a ripulire, per far trovare tutto lustro e in ordine, con il salone pronto per accogliere il presepe, sul tavolino accanto all'albero.

Luca e i bambini entrarono al supermercato e scorsero da lontano gli alberi addobbati, uno diverso dall'altro.

Estasiati, scelsero le palline di vari colori, nastri lunghi e fili di bocce gialle, verdi e rosse. Che cosa mancava?

"E le luci? Luca di che colore compriamo le luci?"

"Scegliete quelle che vi piacciono di più."

Approfittando del loro curiosare tra gli scaffali, Luca indicò alla commessa due giocattoli da confezionare.

Miriam e Antonio, entrambi gioiosi, gli corsero incontro e:

"Luca, Luca abbiamo trovato le luci. Ti piacciono? Sono tutte blu ma, quando si accendono, diventano come le lucciole di maggio. Allora, non rispondi? Ti piacciono?"

Erano bambini speciali per lui. Stavano diventando sempre più suoi figli e ciò lo fece commuovere. Accarezzò le loro testoline e rispose:

"Sì, mi piacciono tanto, come voi due."

Lo aiutarono a caricare gli acquisti nel portabagagli, allacciò i piccoli ai seggiolini e via a casa. La mamma non c'era. Con ogni probabilità era andata a messa. Antonio passava le palline a Miriam, che le sistemava fin dove arrivava, e Luca faceva il resto.

Rimanevano da appendere le luci, i fili d'oro e i nastri. A lavoro ultimato, crearono la penombra, accostando le persiane e sentirono all'improvviso infilare la chiave nella toppa.

Luca mise il dito sulla bocca, per invitarli al silenzio, e fece loro segno di seguirlo in cameretta; lasciarono la porta socchiusa ed attesero che lei entrasse e vedesse l'angolo del salotto illuminato a festa.

Angela entrò e, nella penombra, vide l'albero con il suo chiarore a intermittenza, che si accendeva e spegneva con tanti colori.

Come si commuoveva da bambina, anche adesso due minuscole lacrime comparvero sul suo viso, illuminato dalla luce soffusa.

Poi chiamò ad alta voce:

"Luca, Luca…"

Ma non ottenne risposta.

D'un tratto comparvero Miriam e Antonio.

"Pensavo che foste fuori con Luca!" disse la mamma.

Luca invece la stava aspettando, a luce spenta, nella cameretta; solo il riverbero delle lucine creava nel piccolo ambiente una calda atmosfera.

Come lei entrò, lui la prese e la stese su un lettino e, mentre si baciavano con passione, arrivarono i piccoli e si gettarono su entrambi, e tutti e quattro si strinsero in un solo abbraccio.

Angela lo baciò teneramente, in presenza dei figli:

"Sei stato in grado di ricostruire una famiglia. Grazie per l'affetto che nutri per noi. Sei unico."

Lui le pose il braccio attorno alle spalle e la strinse a sé, mentre i piccoli si avvinghiarono alle loro gambe.

***

Papà Marco non si era visto né il sabato precedente né la domenica. Da quando Angela gli aveva comunicato il nuovo indirizzo dove andare a prendere i bimbi nel giorno concordato, a volte non andava, adducendo come scusa gli impegni di lavoro. I bimbi gli avevano raccontato della convivenza di mamma con Luca ed era sicuramente contrariato, perché lei aveva scelto il suo primo amore.

"Papà non è venuto a prenderci, ma io non voglio andare con lui" disse Miriam. "Neanch'io" aggiunse l'altro.

"Cos'è questa storia? Come, non volete stare con il babbo?"

"Luca è il nostro papà, noi gli vogliamo tanto bene."

"Eh no. A papà Marco dovete voler bene. Lui vi adora e quando viene a prendervi vi porta in giro oppure dai nonni e vi spiega tante cose belle. Dunque, non dovete mai rinunciare al suo affetto e a quello dei nonni. Intesi?"

"Sì, mamma. Ma allora abbiamo due papà?"

"No, ne avete uno, Marco è il vostro genitore."

I bambini, nelle rispettive scuole, avevano preparato due letterine natalizie ciascuno: due vennero sistemate a tavola sotto il piatto di Luca e le altre erano state tenute da parte per la sera, da mettere, a cena, sotto il piatto di papà Marco.

Il giorno della vigilia di Natale, i bimbi rimasero a casa perché nevicava. La notte, un vento freddo aveva ghiacciato le strade.

Quando si alzò Angela, il sole si stava liberando di un banco di nubi ed iniziava a risplendere. Miriam arrivò subito dopo ed esclamò:

"Mamma, guarda sotto il tetto di fronte: ci sono i ghiaccioli!"

E rivolta a Luca: "Me li prendi?"

"D'accordo, ma non quelli che sono molto in alto, perché potremmo rischiare di rompere i vetri alla signora di fronte. Prenderemo quelli sotto il tettuccio del terrazzo del nostro palazzo, almeno sono puliti!"

Salì sei rampe di scale ed arrivò in terrazzo, dove risplendevano le stalattiti, che stavano già gocciolando al tepore del sole. Le avvolse in due tovaglioli di stoffa e tornò trionfante dai bimbi.

"Eccole, sono vostre!" E loro:

"Evviva il nostro papà!"

Quando, dopo il pranzo natalizio, giunse il momento della letterina, Miriam disse a Luca: "Guarda sotto il tuo piatto: c'è una busta."

Incuriosito, lui l'aprì e che cosa vide scritto? "A papà Luca e a mamma Angela."

Sotto la scritta, c'era un disegno nel quale campeggiava un prato verde, sul quale un albero mostrava un nido su un ramo, che conteneva due passerotti e i genitori che vigilavano sui loro piccoli.

E mamma Angela:

"Ma come, papà Luca!"

"Eh sì, perché lui è il nostro papà e anche papà Marco. Sì. Noi abbiamo due papà." "Hanno ragione." Affermò Luca. E poi… "È bello sentirsi chiamare papà."

"Questa sera a cena consegneremo la letterina e la poesia a papà Marco." Quello fu il primo Natale che festeggiarono tutti insieme e fu un Natale felice.

***

Era fine gennaio, quando Luca ottenne l'annullamento del matrimonio. A marzo ricevette la notificazione ufficiale e si sentì finalmente libero di poter prendere decisioni importanti.

Quel giorno andò a prendere Angela fuori dall'ospedale e la condusse nel ristorante più bello della città.

"Come mai oggi siamo qui e non nella solita trattoria?"

Le diede un foglio piegato in due e lei, dopo averne letto il contenuto, si compiacque con lui: "Amore, sei finalmente libero!"

"Ho desiderato tanto questo momento e non riesco ancora a crederci."

Ordinò una bottiglia di Pommery e i loro calici si unirono in una solenne promessa d'amore.

Era ormai trascorso un anno da quando vivevano insieme, ma nessuno dei due osava pronunciare la parola "matrimonio". Luca era ormai libero dal legame precedente, mentre Angela non lo era ancora.

Erano i primi tempi in cui si poteva chiedere il divorzio e trascorrevano anni per ottenerlo.

Il 10 aprile del 1985, Angela si trattenne più del solito al lavoro. All'uscita, trovò Luca con Miriam e Antonio. Li salutò, prima lui e poi i bimbi. Verso le tre si avvertiva nell'aria un gradevole tepore. Luca prese per mano il piccolo Antonio, mentre Miriam si teneva attaccata al braccio di Angela. Luca cinse poi le spalle alla sua compagna e si incamminarono per le vie del borgo vecchio. Durante il percorso, lui si ricordò all'improvviso della raccomandata che aveva firmato per delega e disse ad Angela:

"Ah già, dimenticavo di dirti che ho firmato una tua raccomandata! Proviene dal Tribunale, ma non l'ho aperta."

"Grazie Luca. Perché non l'hai aperta, dal momento che tra noi non ci sono segreti? Sai che adesso vado in ansia. Cosa vorranno ancora, altri documenti?"

"Non so dirti nulla. Non essere ansiosa, però. Siamo qui al borgo e ci prendiamo un bel gelato. Goditi questi sprazzi di sole in piena spensieratezza, capita così di rado che si riesca ad uscire tutti insieme!"

Per risollevarle il morale le accarezzò i capelli e lei lo ricambiò con un sorriso di intesa. Si sedettero al bar, in Piazza della Signoria, e consumarono le coppe di gelato artigianale, con sopra i frutti di bosco.

Luca guardava i piccoli, intenti a divorare il gelato. Li osservò a lungo, divertendosi nel vederli mangiare, e lesse nei loro visi la gioia di essere tutti insieme. Nello stesso tempo, vide che le loro palpebre si facevano più pesanti per la stanchezza e si rese conto che non ce l'avrebbero fatta a stare ancora fuori a lungo. Così, pagato il conto, si diressero verso le auto parcheggiate davanti all'ospedale e tornarono a casa. Angela fece scendere i bimbi e con loro entrò nell'appartamento, Luca si fermò invece al ristorante all'angolo del palazzo ed ordinò la cena da far recapitare a casa. Era l'avvocato del gestore che, per questo, raccomandò al cuoco di preparare pietanze gustose, per fargli fare bella figura.

Quando rientrò a casa, trovò Miriam ed Antonio a giocare con le costruzioni.

Angela, pensierosa, leggeva la raccomandata, con la convocazione per lei ed il suo ex-marito alla seconda udienza: pensava con delusione ai lunghi anni che sarebbero ancora trascorsi, per ottenere il divorzio. Luca le chiese di poter leggere la lettera e, dopo averlo fatto, le disse: "Ti vedo rammaricata, ma non devi prendertela in questo modo. Per intanto, noi quattro stiamo insieme, siamo una famiglia serena; hai l'uomo che hai sempre amato, due figli splendidi. Che altro vorresti dalla vita? Gli anni trascorreranno veloci e prima che tu te ne accorga arriverai alla conclusione. Quindi, di che cosa ti preoccupi?"

"Hai ragione, Luca. Devo trovare la serenità e questo gioverà a tutti noi."

Da quel momento si impose di vivere in armonia con se stessa e con la sua nuova famiglia.

Era trascorso più di un anno dalla seconda udienza e il 10 ottobre venne convocata in Tribunale assieme al suo ex. L'incontro durò circa un'ora.

Angela indossava un tailleur pantalone di colore blu, da cui spuntava la camicia bianca.

Aveva accuratamente abbinato le scarpe grigio perla alla borsa Armani. Marco era vestito con uno spezzato: pantaloni grigi, giacca blu e camicia celeste.

La sentenza letta dal giudice prevedeva l'assegnazione permanente dei bimbi alla mamma e la consegna dei figlioli a papà Marco, settimanalmente, di sabato.

Dopo la lettura della sentenza, i due ex coniugi si salutarono con una stretta di mano e presero direzioni diverse, come le loro vite.

***

E Marco? Come trascorse la sua esistenza senza Angela?

Non accettò all'inizio la storia di Angela e di Luca, perché in cuor suo credeva di poter ristabilire il rapporto con la sua ex. Peggio ancora sopportò che i suoi figli vivessero con un estraneo, al quale per giunta volevano molto bene.

Dopo la delusione di Amalia, che lo aveva lasciato, ebbe tanti flirt, senza alcuna relazione stabile.

Era ancora un bambino, viziato dalla famiglia, e non riusciva a dare il giusto valore ai sentimenti.

Il divorzio gli lasciò segni indelebili e forse, proprio da quel momento, iniziò ad essere più responsabile, tant'è che i primi tempi, il sabato mattina, puntuale attendeva che Angela gli consegnasse i figli sotto casa e, dopo la giornata trascorsa con loro, li riportava all'orario stabilito.

Due anni dopo il divorzio, conobbe una ragazza rumena che, trascorso qualche mese, andò a vivere con lui.

Lei, però, non accettava che i suoi figli le piombassero in casa ogni fine settimana. Marco, per non rompere il ritrovato equilibrio, decise di occuparsi di loro, di comune accordo con Angela, il giovedì, quando la sua compagna era impegnata tutto il giorno, come badante, da un'anziana signora.

Le primavere che verranno

Si era giunti al maggio dell'anno seguente.

La campagna si destava al tepore della primavera. Il roseto del giardino di Luca ed Angela, al piano terra, nella zona interna del palazzo sulla quale davano le cucine degli appartamenti, diffondeva il suo delicato e gradevole profumo. Sui balconi verso la strada, i boccioli dei gerani si schiudevano ed esibivano ai passanti ciocche di fiori.

In casa Landi fervevano i preparativi nuziali. Il 30 maggio era stato stabilito il matrimonio nel Comune del paese di Luca, in forma privata e con pochi invitati: la mamma di Angela, il fratello, la sorella, gli zii più vicini a lei ed i rispettivi cugini, i due fratelli di Luca, la mamma, due zii e i due testimoni, amici d'infanzia.

Arrivò il giorno tanto atteso per il fatidico sì.

In casa di Clelia, di buon'ora, venne preparato il rinfresco. Dopo aver vestito i due paggetti: Miriam, con un abitino bianco di pizzo e organza, con un nastro di raso rosa al giro-vita, legato a mo' di fiocco, scarpe e calze bianche e boccoli raccolti a un lato, con un fermaglio bianco; Antonio, con un vestitino grigio con camicina bianca, scarpe grigie e calze bianche, capelli tirati a lucido, dai quali spuntava un bel ciuffo sulla fronte, venne il suo momento. Angela indossò un tailleur rosa cipria, di seta, con una canotta dello stesso colore, collant color carne e borsa, guanti e scarpe bianchi, capelli a boccoli, sciolti sulle spalle. Tutti erano pronti e così le auto partirono per il Comune, dove attendeva Luca.

Lo sposo era all'ingresso, quando arrivò la sposa con i suoi figlioletti, seguita dai parenti.

Sfilarono per il corridoio, loro due seguiti dai paggetti, che portavano un cuore di seta sul quale erano appuntate le vere, fino a giungere davanti al Sindaco, mentre i parenti presero posto da entrambi i lati, dietro agli sposi.

L'auspicato "sì" segnò il loro momento magico. Seguì lo scambio di fedi ed il bacio, con l'applauso degli invitati.

Lui le sussurrò:

"Ti amerò tanto che non rimpiangerai mai questo momento." E lei: "Ti amo e ti amerò, vita mia."

Lui la baciò con tutta l'anima e la strinse forte a sé.

La sera, al termine della cena, salutarono parenti e testimoni.

A casa, i piccoli, per la stanchezza, si addormentarono sul divano in salotto. Papà Luca li prese uno per volta e li adagiò nei loro lettini.

Poi, esausti, lui ed Angela varcarono la porta comunicante con il giardino, scesero i pochi gradini e si sedettero sulla panchina antica di marmo, alle cui spalle i cespugli, mossi dal vento, emanavano l'odore pregnante e gradevole dei gelsomini.

Al chiarore della luna, Luca si avvicinò ancor di più a lei, per sussurrarle: "Saremo finalmente felici. Vedrai... verranno tante primavere per noi."

Sommario

www.ingramcontent.com/pod-product-compliance
Lightning Source LLC
Chambersburg PA
CBHW020106180626
46812CB00006B/2488